Birgit Pauls

Tönning Krimi 2

Krimis ut Tönn 2

Birgit Pauls

Tönning Krimi 2

Krimis ut Tönn 2

Bibliografische Information der Deutschen Nationalbibliothek: Die Deutsche Nationalbibliothek verzeichnet diese Publikation in der Deutschen Nationalbibliografie; detaillierte bibliografische Daten sind im Internet über www.dnb.de abrufbar.

ISBN 978-3-7386-3236-1

Herstellung und Verlag:
BoD – Books on Demand, Norderstedt

Covergestaltung:
Birgit Pauls mit BOD Easy Cover

Foto: Birgit Pauls

För Ragnhild, de jümmers so schööne
Geschichten vunne Seefohrt vertellt

Für Ragnhild, die immer so schöne
Geschichten von der Seefahrt erzählt

Mollys Arfdeel

Sinnig beweechte sick dat Bünnel, dat an de Lastkron anne Tönner Haven hung, mit de lichte Bries. Möwen sedten sik dal op de Kron un luerten na dat dore ungewöhnliche Utsehn. Na een Oogenblick wurrn se vun de Kreien verjogt. De Oosvageln witterten rieke Beute. Ehr truimpfeehrend Kreien hallte över de Hoben. Dat weer so luut un so ungewohnt, dat de Mitarbeiter vun't Water- un Schippfohrtamt, de de Morgen as erste na de Arbeit keem, sik umkeek un söchte, wo vun dat keem, as he ut't Auto steech. Nieschiri gung he dal na de Kron, to wies to warn, wat de dore Versammlung vun de Kreien op sik harr. Wat he seech, leet sien Bloot in de Odern freeren.

As de ranropen Schandarmen de Liek neger ünnersöchten, funnen se as erstes de Zeddel, de de Dode inne Hand heel. Dorop stunn blots een Woort: „Molly".

De gollen Ohrring to de Beerdigung to betahlen, de Tätoweerung, dortmit man em as Waterliek na Weeken noch identifizeeren kunn, dormit sien Naam ok op een Gravsteen

6

Mollys Erbe

Langsam bewegte sich das Bündel, das am Lastkran im Tönninger Hafen hing, in der leichten Brise. Möwen ließen sich auf dem Kran nieder und beäugten den ungewohnten Anblick. Nach kurzer Zeit wurden sie von den Krähen vertrieben. Die Aasvögel witterten reiche Beute. Ihr triumphierendes Krächzen hallte weit über den Hafen. Es war so laut und ungewohnt, dass der Mitarbeiter des Wasser- und Schifffahrtsamtes, der am Morgen als Erster zur Arbeit kam, sich suchend umschaute, als er sein Auto verließ. Neugierig machte er sich auf den Weg zum Kran, um herauszubekommen, was diese Versammlung der Krähen am frühen Morgen einberufen hatte. Was er sah, ließ ihm das Blut in den Adern gefrieren.

Als die herbei gerufenen Polizisten die Leiche näher untersuchten, fiel ihnen als erstes der Zettel auf, den der Tote in der Hand hielt. Darauf stand nur ein Wort: Molly.

Den goldenen Ohrring, um die Beerdigung zu bezahlen, die Tätowierung, damit man ihn auch als Wasserleiche nach Wochen noch identifizieren konnte, damit sein Name auf

to stahn keem un dormit he ni in een mit'n slichtet Holtkrüüz untsmückte Grav oppe Karkhoff, vun de de ohn Naamen begroven, biesett wurr...

He harr beides ni nödig, wieldat he steenold in de Kreis vun sien Leevsten in sien eegen Bett dotbleeven weer.

He harr banni Glück. Averglöövsch as menni Seelüüde sünd, weer he jümmers bang, nadem de rothoorige Havennutt Molly em in Dundee verfökt harr, wiel he se ni betohlen kunn. He harr al vör de Besöök bi ehr sien ganze Hüür versopen, wat em blots eenmol in't Leeven passeerte.

Villicht harr Mollys Flöök likers dörslahn, denn sien Familie weer as Seefohrerfamilie utstorven. Sien eenzige Söhn weer in junge Johrn noch to See fohrt, harr denn avers op de Warft Schippstimmermann lehrt. He buute schöne Holtscheepe, anfangs Kutter för de Tönner Fischers, laterhen Nabuuten vun historische Scheepe. He much dat Holt un sien Bööde. Man de See much he nich.

De Ole wurr dat Hart swor.

einem Grabstein stand, damit er nicht in einem schlichten Holzkreuz geschmückten Grab auf einem Friedhof der Namenlosen begraben werden würde...

Beides hatte er nicht benötigt, war hochbetagt im Kreise seiner Lieben im eigenen Bett gestorben.

Er hatte Glück gehabt. Abergläubisch wie viele Seeleute hatte er sich immer gefürchtet, nachdem die rothaarige Hafenhure Molly ihn in Dundee verflucht hatte, weil er sie nicht bezahlen konnte, weil er die gesamte Heuer schon vor dem Besuch bei ihr versoffen hatte, was ihm auch nur ein einziges Mal in seinem Leben passierte.

Vielleicht war Mollys Fluch doch erfolgreich gewesen, denn seine Familie war als Seefahrerfamilie ausgestorben. Sein einziger Sohn war in jungen Jahren noch zur See gefahren, hatte dann aber auf der Werft Schiffszimmermann gelernt. Er baute schöne Holzschiffe, zuerst Kutter für die Tönninger Fischer, dann Nachbauten von historischen Schiffen. Er liebte das Holz und seine Boote, doch er mochte die See nicht.

Dem Alten wurde das Herz schwer.

Man dat keem noch slimmer: Twee vun sien Enkel wurrn Inschenör; se buuten Isenbohnen und Fleegers, de Konkurrenten vun de Frachtscheepe. De drütte wurr Schoolmeister för Düütsch un Musik.

Se makten Karriere un vergeeten dorbi, Famillien to grünnen. Blots de Lehrer harr een Kind, een Deern He passte bös op ehr op un sorchte för ehr best mögliche Förderung, wat al sien Geld koste, dat allerdings sien Fru mit in de Ehe bröcht harr. Clara schull laterhenn mal as fieerte Solistin mit de besten Orchesters vunne Welt optreeden.

Ehr Urgrotvadder wurr vun ehr vergöttert, man to'n Glück weer se 'n Deern un na Meenen vun ehr Vadder veel to jung, to vun Uropas verklärte Geschichten vun de "christliche Seefohrt" beinflusst to warrn.

Endli weer se frii, kunn dat erste Mol in ehr Leeven dohn un laten, wat se wull, ahne ehr Vadder as Oppasser oder de sien Spitzels üm sik rum to hem.

Claras Modder harr ehr Mann togunsten vun een twinti Johr jüngeren ut Haiti stohn laten un leevte nu siet een halvet Johr tosamen mit

Es kam noch schlimmer: zwei seiner Enkel wurden Ingenieure; aber sie bauten Eisenbahnen und Flugzeuge, die Konkurrenten der Frachtschiffe. Der Dritte wurde Lehrer für Deutsch und Musik.

Sie machten Karriere, vergaßen darüber hinaus, Familien zu gründen. Einzig der Lehrer hatte ein Kind, ein Mädchen. Er behütete es und ließ ihm früh die bestmögliche Förderung angedeihen, gab dafür alles Geld aus, das seine Frau mit in die Ehe gebracht hatte. Clara sollte später einmal als gefeierte Solistin zusammen mit den besten Orchestern der Welt spielen.

Sie vergötterte ihren Urgroßvater, doch zum Glück war sie ein Mädchen und nach Meinung Ihres Vaters noch viel zu jung, um von seinen verklärten Geschichten aus der Zeit der "christlichen Seefahrt" beeinflusst zu werden.

Endlich war sie frei, konnte zum ersten mal in ihrem Leben tun und lassen, was sie wollte, ohne ihren Vater als Aufpasser oder ihm geneigte Spitzel um sich herum zu haben.

Claras Mutter hatte ihren Mann zugunsten eines zwanzig Jahre jüngeren Haitianers verlassen und lebte seit einem halben Jahr

ehrn "Latin Lover" in de Karibik.

Vun wegen sien "Midlife-Crisis" makte ehr Vadder een Sabbat-Johr un reiste för wenst een halvet Johr to Foot op een Selbstfindungstrip dör Thailand un Kambodscha.

He meente, dat sien Dochter in New York weer, nadem ehr Verdrach in Norwegen utloopen weer.

Sinni beröhrte se de Ohrring in ehr linket Ohr. Urgrotvadder harr em ehr schenkt, kort bevör he storv mit de Bedingung, em nüms vun de Familli to wiesen. Dat weer ehr letztet, grotet Geheemnis. Seltsomerwies harr nüms de Ohrring vermisst, as de Ole dotbleev.

De Ring harr Clara Glück bröcht: As Kind un bi dat Studeern harr se em flieti heemli rutholt, em ankeeken un sik an de sanfte oole Mann erinnert mit de strahlend blaue Oogen in sien vun't Weller garvte Gesich.

Se harr sik an de Geschichten errinnert, de he ut sien Leven vertellt harr, as he op de Pamir fohrt is, de 'n poor Johrteinten later ünnergahn is, bi een Storm över de Altlantik, un op de

12

zusammen mit ihrem Latin Lover in der Karibik.

Ihr Vater kompensierte seine Midlife-Crisis mit einem Sabbat-Jahr, reiste für mindestens ein halbes Jahr zu Fuß auf einem Selbstfindungstrip durch Thailand und Kambodscha.

Seine Tochter vermutete er in New York, nachdem ihr Vertrag in Norwegen ausgelaufen war.

Sanft berührte sie den Ohrring in ihrem linken Ohr. Urgroßvater hatte ihn ihr kurz vor seinem Tod geschenkt, unter der Bedingung ihn niemals der Familie zu zeigen. Es war ihr letztes großes Geheimnis. Seltsamerweise hatte niemand den Ohrring vermisst, als der Alte starb.

Der Ohrring hatte Clara Glück gebracht: Als Kind und während des Studiums hatte sie ihn oft heimlich hervorgeholt, ihn angeschaut und sich an den sanften alten Mann erinnert, die strahlenden blauen Augen in seinem wettergegerbten Gesicht.

Sie hatte sich an die Geschichten erinnert, die er aus seinem Leben erzählt hatte, wie er auf der Pamir gefahren war, die Jahrzehnte später in einem Sturm unterging, auf der Padua, die

Padua, de nu ünner de Naam Krusenshtern fohrt. As Soldat harr he op de Gorch Fock deent, man nich de vun de Bundesmarine. De Gorch Fock vun dormals is hüüt ünner den Naam Towaritsch bekannt un teemli aftaktelt.

He harr vun sien Reisen rund Kap Hoorn vertellt un hörte wull to de raaren Kap Hoorniers, de rund dat Kap bi meist blots goode Weller fohrt weer. De legendären Störme müss he meist gor ni afrieden.

In Norwegen harr se dormit anfungen, de Ohrring stedi to dregen. Un dat harr ehr Glück bröcht: Kjell, een uuroole Norweger, de als Buttjer ünner ehr Urgrotvadder as Kaptein fohrt weer, harr de Ohrring werrkennt. Stedi harr se Afstand holen vun de Spionen vun ehr Vadder un lehrte bi Kjell dat Sailen.

As se teemlich seeker alleen sailen kunn, sturv de ole Mann. Kjell lechte sik avends na een Sailtörn, bi de Clara al de Sailmanövers to sien Tofreedenheit torecht kreegen harr, to Bett un wokte morgens ni werr op. Sien Boot, de Skjervøy, harr he ehr vermakt. Dorto harr he ehr een lange Breef schreeven, de dat Datum vun veer Weeken vör sien Dod harr.

jetzt unter dem Namen Krusenshtern fuhr. Als Soldat hatte er auf der Gorch Fock gedient, allerdings nicht auf dem Schiff der Bundesmarine. Die Gorch Fock von damals war heute unter dem Namen Towaritsch bekannt und völlig heruntergekommen.

Er hatte von seinen Reisen rund Kap Hoorn erzählt und gehörte wohl zu den seltenen Kap Horniers, die das Kap fast ausschließlich bei gutem Wetter umfahren hatte. Die legendären Stürme musste er selten abreiten.

In Norwegen hatte sie damit begonnen, den Ohrring regelmäßig zu tragen. Und das hatte ihr Glück gebracht: Kjell, ein uralter Norweger, der als Junge unter ihrem Urgroßvater als Kapitän gefahren war, hatte den Ohrring erkannt. Immer wieder hatte sie sich von den Spionen ihres Vaters ferngehalten, um bei Kjell das Segeln zu lernen.

Als sie relativ sicher alleine segeln konnte, starb der alte Mann. Kjell legte sich abends nach einem Segeltörn, bei dem Clara alle Manöver zu seiner Zufriedenheit absolviert hatte, ins Bett und wachte morgens nicht mehr auf. Sein Boot, die Skjervøy, hatte er ihr vermacht. Dazu hatte er ihr einen langen Brief geschrieben, der vier Wochen vor seinem Tod datiert war.

He bede se dorin, sien un dat Leevenswark vun ehr Urgrotvadder wieder to bedrieven un mit de Yacht rund de Welt to sailen, dorhen, woor ehr dat gefull. Dorto geef he ehr noch een Raat, eerstmal in de Nordsee to schippern, to een gudet Geföhl för dat Schipp to kriegen. Un denn schull de Skjervøy man nomal in de Warft vun een erfohrene Bootsbuer överholt warrn, ehr se sik op de groote Reis rund de Welt makte. Gliektiedi lechte he ehr an't Hart, nümmers de Haven vun Dundee antolopen.

Bi dat Clara noch överlechte, wordenni se de Oppasserhunnen vun ehr Vadder ut de Wech gahn kunn, löste sik dat Problem vun alleen: Ehr Vadder, de verlangte, as ehr Agent to hanneln un al ehr Verdräge to maken, har ehr Verdrach in Norwegen künnigt un ehr een niet Engagement in New York besorcht.

De Oppasserhund harr he ut Norwegen aftroken un em de Opdrach geven, in New York na een passende Wahnung to söken. To sülve Tied verafscheed'te sik ehr Vadder to een Selbstfindungstrip na Asien. Clara töövte seekerheitshalver noch twee Dage na de Affohrt vun ehr Opasser. Denn makte se dat Boot klor.

Er bat sie darin, sein und das Lebenswerk ihres Urgroßvaters fortzusetzen und auf der Yacht um die Welt zu segeln, dorthin, wo es ihr gefiel. Dazu gab er ihr noch den Tipp, erst einmal in die Nordsee zu segeln, um ein gutes Gefühl für das Schiff zu bekommen und die Skjervøy dann noch einmal auf einer Werft von einem erfahrenen Bootsbauer überholen zu lassen, bevor sie sich auf die große Reise um die Welt machte. Gleichzeitig legte er ihr ans Herz, niemals den Hafen von Dundee anzulaufen.

Während Clara noch überlegte, wie sie sich den Wachhunden ihres Vaters entziehen könnte, löste sich das Problem von selbst: Ihr Vater, der darauf bestand, als ihr Agent zu agieren und alle ihre Verträge zu machen, hatte ihren Vertrag in Norwegen gekündigt und ihr ein neues Engagement in New York besorgt.

Den Wachhund hatte er aus Norwegen abgezogen und damit beauftragt, in New York nach einer passenden Wohnung zu suchen. Zeitgleich verabschiedete sich ihr Vater auf seinen Selbstfindungstrip nach Asien. Clara wartete sicherheitshalber noch zwei Tage nach Abfahrt des Wachhundes, dann machte sie das Boot klar.

Kjell harr nix över för Technik, avers he harr ehr noch een Geschenk vermakt: Op dat Boot weer een nagelniee Ackersnacker mit een voraf betolte Kort. Dormit kunn se in'n Notfall telefoneern, avers ni ortet warrn vun ehr Vadder.

To Sekerheit ladte se ehr eegen Ackersnacker op, fohrte mit de Tog na Geilo, schaltete de Ackersnacker op still un verstaute de in een Schließfach oppe Bahnhoff, dat se för twee Weeken betahlte. De Akku wor hoffentlich genau so lang holen un man würr eerstmol ehr för'n längerer Tied in't Binnenland söken, ehr man fastellen wor, dat se dat Land möchlicherwies al lang verlaten harr.

Denn sailte se los von Egersund, eerstmal langs de norwegische un schwedische Küst in de Ostsee. 'N poor Dage weer se op Bornholm, ehr se sik wedder op de Wech in de Nordsee makte.

Nu harr se een Geföhl för dat Boot un wuss, wat se noch utbeetern un umbuuen müss, ehr se op de grote Reis um de Welt aftrock.

De Överwinterung makte ehr Sorgen:

Kjell hasste Technik, aber er hatte ihr noch ein weiteres Geschenk gemacht: Auf dem Boot befand sich ein nagelneues Handy mit Prepaid-Karte. Damit konnte sie im Notfall telefonieren, aber nicht von ihrem Vater geortet werden.

Um sicher zu gehen, lud sie ihr eigenes Handy auf, fuhr mit dem Zug nach Geilo, schaltete das Handy auf lautlos und verstaute es in einem Bahnhofsschließfach, das sie für zwei Wochen mietete. Der Akku würde hoffentlich genauso lange halten und man würde erst einmal eine längere Zeit im Binnenland nach ihr suchen, bevor man feststellen würde, dass sie das Land möglicherweise schon verlassen haben könnte.

Dann segelte sie von Egersund los, zunächst an der norwegischen und schwedischen Küste entlang in die Ostsee. Sie verbrachte einige Tage auf Bornholm, bevor sie sich wieder auf den Weg in die Nordsee machte.

Jetzt hatte sie ein Gefühl für das Boot, wusste, was sie noch ausbessern und umbauen wollte, bevor sie sich auf ihre große Reise um die Welt machte.

Die Überwinterung machte ihr Sorgen:

Afhängig vun de Liegetied op de Warft wor se dat wohrschienli knapp schaffen, vör de Harvststörms dör de Biscaya an de portugiesische Südküst oder in't Mittelmeer to kamen. Se dröömte vun een Överwinterung in Lagos, de witte Stadt.

Schull se direkt na Portugal sailen, dor överwintern un erst in't nächste Fröhjohr op de Warft in Tönning gahn? Dor harr sik een Schippstimmermann dalloten, vun de se ehr Boot överholen loten wull.

Nee - dat weer to gefährli. Se wull blots in de Tied op düütsche Grund komen, wenn ehr Vadder op sien Asien-Trip weer. Dorna wull se sik eerstmal veele Johre ni mehr in Düütschland sehn laten. Dat weer al een Risiko, möchlicherwies ehr Grotvadder to drapen. Avers se hopte, dat he se vunwegen sien Leevde na Holtbootsbu ni an ehr Vadder verraden wör.

Twee Weeken later weer se in Tönning. Se nehm sik vör, gegenan to gahn un besöchte de neechste Avend ehr Grootvadder. He weer ni begeistert vun dat, wat se vör harr.

Abhängig von der Liegezeit auf der Werft würde sie es wahrscheinlich kaum noch schaffen, vor den Herbststürmen durch die Biscaya an die portugiesische Südküste oder ins Mittelmeer zu kommen. Sie träumte von einer Überwinterung in Lagos, der weißen Stadt.

Sollte sie direkt nach Portugal segeln, dort überwintern und erst im nächsten Frühjahr auf die Tönninger Schiffswerft gehen? Dort hatte sich ein Schiffszimmermann niedergelassen, von dem sie ihr Boot hatte überholen lassen wollte.

Nein - es war zu gefährlich. Sie wollte deutschen Boden in der Zeit betreten, in dem ihr Vater auf seinem Asien-Trip war. Danach wollte sie Deutschland erst einmal für viele Jahre meiden. Es war schon ein Risiko möglicherweise auf ihren Großvater zu treffen. Aber sie hoffte, dass er sie um seiner Liebe zum Bootsbau willen, nicht an ihren Vater verpetzen würde.

Zwei Wochen später war sie in Tönning. Sie beschloss, in die Offensive zu gehen und besuchte am nächsten Abend ihren Großvater. Er war nicht begeistert von ihrem Vorhaben.

Man annersieds kunn he verstahn, dat se endli mal afhaun wull vun dat stedige Oppassen vun ehr Vadder.

Dorum bood he ehr an, bi dat Renoveern vun dat Schipp to hölpen. Clara freute sik över dat Angebot, weer aver likers unseeker. Se fraagte um Bedenktied un sechte to, ehr'n Grootvadder in latstens een Week werr to besöken.

De neechsten Dage op de Warft weer se vull Opmarksomkeit inne Gang. Arfst weer een bannig goode Bootsbuer. He sailte de erste Dag kort mit ehr op de Eider un makte ehr genau de Vörslach för Utbeterung un Umbuu, wat se sik al överlecht harr. Denn fungen se an mit de Arbeiden. Arfst wieste ehr veeles, dormit se op ehr Weltreis ok dat Nödigste wenn't sien mutt alleen repareern kunn.

Dorto harr he noch een Hölper, Angus, een schottische Schippstimmermann, de as reisende Gesell dor Statschon makte.

He seech gut ut un gefull Clara. Se snackte bi de Arbeit geern mit em.

De drütte Avend lad'te Angus se in to Eten. Dat weer een schöne Avend för Clara.

Doch andererseits konnte er verstehen, dass sie endlich einmal der ständigen Bewachung ihres Vaters entfliehen wollte.

Deshalb bot er ihr an, bei der Überholung des Schiffes zu helfen. Clara freute sich über das Angebot, war aber trotzdem unsicher. Sie erbat sich etwas Bedenkzeit, versprach ihrem Großvater ihn spätestens in einer Woche wieder zu besuchen.

Die nächsten Tage auf der Werft forderten ihre volle Aufmerksamkeit. Arfst war ein begnadeter Bootsbauer, segelte am ersten Tag kurz mit ihr auf der Eider und schlug ihr für die Ausbesserung und den Umbau genau das vor, was sie sich auch schon überlegt hatte. Dann begannen sie mit den Arbeiten. Arfst brachte ihr viel bei, damit sie auf ihrer Weltreise auch Notfälle alleine reparieren könnte.

Dazu hatte er noch einen Helfer, Angus, einen schottischen Schiffszimmermann, der als reisender Geselle auf der Durchreise war.

Angus sah gut aus und gefiel Clara. Sie unterhielt sich bei der Arbeit gern mit ihm.

Am dritten Abend lud Angus sie zum Essen ein. Es war ein schöner Abend für Clara.

Se hung an sien Lippen, wieldat he vun sien schottische Heimat vertellte. As Clara na sien Sipp fraagte, weer he still. Dat duurte erst een Tied, denn vertellte he dat, wat he vun sien Sipp wuss:

Sien Modder weer as frisch born Kind vör de Karkendöör in Dundee funnen worn. Man munkelte, dat se de Dochter vun een frie Deern weer, de an de Haven anschaffte. Vun wegen düsse Schandplacken harr se nie een passende Macker funnen, ok wiel se in een Heim opwussen weer. Keen Sipp wull ehr in Pleech nehmen. Al weern bang, dat se de Profeschoon vun ehr Modder annehmen wor.

Nadem se de Plichtschooljahre achter sik bröcht harr un dat mit över de Maten gude Leistungen, geev de Heimleitung se an een Arbeidgeever, de se utnützde un slecht behanneln de.

Sofort bi de Vulljährigkeit neite se ut in een Ehe mit een Suupbüdel, de ehr ok keen Glück bröchte. As he sik na Johren dotsopen harr, stunn se middellos dor. Dat Huus muss se verkopen to sien Schullen aftobetahlen.

Sie hing an seinen Lippen, während er von seiner schottischen Heimat erzählte. Als Clara nach seiner Familie fragte, wurde er schweigsam. Es dauerte einige Zeit, dann berichtete er das, was er über seine Familie wusste:

Seine Mutter war als neugeborenes Baby vor der Kirchentür in Dundee gefunden worden. Man munkelte, dass sie die Tochter einer Prostituierten sei, die am Hafen anschaffte. Aufgrund dieses Makels habe sie nie einen passenden Partner gefunden, zumal sie in einem Heim aufgewachsen war. Keine Pflegefamilie wollte das Kind aufnehmen. Alle fürchteten, dass sie den Beruf ihrer Mutter annehmen würde.

Nach Absolvieren der Pflichtschuljahre, in denen sie außergewöhnlich gute Leistungen erbrachte, vermittelte die Heimleitung sie an einen Arbeitgeber, der sie ausbeutete und misshandelte.

Sofort nach Erreichen der Volljährigkeit flüchtete sie in die Ehe mit einem Alkoholiker, die ihr aber auch kein Glück brachte. Als er sich nach Jahren dann totsoff, stand sie mittellos da. Das Haus musste sie verkaufen, um seine Schulden zu bezahlen.

Een öllere Naver reddete se dorför, dat se ganz ahn Dack över de Kopp weer, bidat he ehr een Stellung als Husholersch gegen Kost un Logis anbod. Af un an warmte se ok mol sien Bett. Angus meente, dat dat mehr ut Gefälligkeit passeerte, denn se heirodeten nich, as sien Modder mit 43 Johren dat erste Mal in ehr Leeven schwanger wor. Na de Snackerie von de Lüüd harr se ehr Schwangerschap gor ni markt un weer mit slimme Buukwehdooch an de Dach vun de Geburt in't Krankenhuus gahn un denn bi sien Geburt doot bleeven.

Sien Vadder harr versöcht, dat Sorgerecht för em to kriegen oder em sogor to adopteern. Man keen een interesseerte sik för dat Ansinnen vun een 70-jährige, de angeev sien Huusholersche dick makt to hem un negen Maande lang ni markt harr, dat se schwanger weer.

So muss he de ersten 15 Johrn vun sien Leeven in't Heim. De ole Mann versöchte in düsse Tied fliedi Kontakt mit em to kriegen, wenn he op sien Schoolwech weer. Avers de Heimleitung dee aln's, düsse Kontakt to verhinnern. Dat Kind vertellten se, he weer een böse Kinnerschänner, de mit em utneien wull.

Ein älterer Nachbar rettete sie vor der Obdachlosigkeit, indem er ihr eine Stelle als Haushälterin gegen Kost und Logis anbot. Ab und an wärmte sie auch sein Bett. Angus vermutete, dass es eher aus Gefälligkeit geschah, denn sie heirateten nicht, als seine Mutter mit 43 Jahren zum ersten Mal in ihrem Leben schwanger wurde. Den Gerüchten zufolge hatte sie die Schwangerschaft nicht bemerkt, war wegen schwerer Bauchschmerzen am Tage der Geburt ins Krankenhaus gegangen und war dort bei seiner Geburt gestorben.

Sein Vater habe versucht das Sorgerecht für ihn zu bekommen oder ihn sogar zu adoptieren. Doch Niemand interessierte sich für die Wünsche eines 70-jährigen, der behauptete, seine Haushälterin geschwängert zu haben und die Schwangerschaft neun Monate lang nicht bemerkt haben wollte.

So verbrachte er die ersten 15 Jahre seines Lebens im Heim. Ein älterer Mann versuchte in dieser Zeit häufig zu ihm Kontakt aufzunehmen, wenn er auf dem Schulweg war. Die Heimleitung tat alles, um diesen Kontakt zu verhindern. Dem Kind erzählten sie, dass es sich um einen bösen Kinderschänder handelte, der ihn entführen wolle.

Laterhen kreech Angus denn mit, dat dat sien richtige Vadder weer, de vertwiewelt Kontakt to sien Kind söchte.

As he ut de School keem, geev de Heimleitung em korte Hand na een Pleechfamillie. Anfangs harr Angus sik bannig freut, markte denn avers bald, dat de Handwarker blots een billige Arbeidskraft söchte. Na dree Weeken brennte Angus dör op een Frachter, de ünner Billigflagg fohrte un wor keeneen fraachte, wor old he weer. Na twee Johren op See bleev he in Holland hangen, wor he bi een ole fründliche Schippstimmermann in de Lehr keem.

As he ferdi weer mit de Utbillen, weer he endli vulljährig. As Gesell op de Walz makte he sik op de Wech na Schottland. As he in Dundee na Arbeid fraagte, dreep he de oole Mann, de em as Kind jümmers ansnackt harr. He keek Angus an, gung op em to un sä: „Angus, Du sühst ut as Dien Modder."

Angus schüttkoppte: „Woher wöhn se dat weeten? Mien Modder sturv, as ik born wor. Ik kenn blots ehr Nam, heff nich mals een Bild vun ehr."

Später erfuhr Angus dann, dass es sich um seinen leiblichen Vater handelte, der verzweifelt den Kontakt zu seinem Kind suchte.

Als er die Schule abgeschlossen hatte, fand die Heimleitung kurzfristig eine Pflegefamilie für ihn. Angus war zuerst außer sich vor Freude, merkte dann aber schnell, dass der Handwerker nur eine billige Arbeitskraft suchte. Nach drei Wochen brannte Angus auf einen Frachter, der unter Billigflagge fuhr und sein Alter nicht hinterfragte, durch. Nach zwei Jahren auf See strandete er in Holland, wo er bei einem alten freundlichen Schiffszimmermann in die Lehre ging.

Als er die Ausbildung abgeschlossen hatte, war er endlich volljährig. Als Geselle auf der Walz machte er sich auf den Weg nach Schottland. Als er in Dundee nach Arbeit fragte, traf er auf den alten Mann, der ihn als Kind immer angesprochen hatte. Er schaute Angus an, ging auf ihn zu und sagte: „Angus, du siehst genauso aus wie deine Mutter."

Angus schüttelte den Kopf: „Woher wollen sie das wissen? Meine Mutter starb bei meiner Geburt. Ich kenne nur ihren Namen, habe nicht einmal ein Foto von ihr."

De oole Mann steegen de Tranen in de Oogen. He nehm Angus bi de Arm: „Kumm mit, mien Jung. Ik vertell Di, wat ik vun dien Öllerslüüd weet. Dat bün ik Di als Dien Vadder, de sik nie um Di kümmern kunn, schulli."

Un so kreech Angus mit, dat sien Vadder sik nie um sien Söhn hett kümmern dorst, nadem he sien Modder to Grav bröcht harr. Tosomen besöchten se dat Grav vun de Modder, vun dat Angus nich mal wuss, dat dat existeerte.

Toletzt vertellte de ole Mann em noch vun dat Slechtsnacken över sien Grotmodder. Molly harr de Kirl verflucht, de ehr eenzige Dochter ansett harr. Dat harr se hoch in't Öller bitter leed doon un noch mehr settde ehr dat to, dat se ehr Kind as Findelkind in de Kark utsett harr. To Leevtieden harr se dat nie woocht, mit ehr Dochter Kontakt to kriegen, wiel se sik för dat, wat se dohn harr, scheneerte. Jede Week besöchte se dat Grav vun ehr Dochter un bröchte frische Blöme na ehr. Ob se allerdings ok an ehr Enkelkind interesseert weer, kunn de ole Mann Angus ni seggen.

Clara kunn nix seggen, nehm Angus blots inne Arm.

Dem alten Mann stiegen Tränen in die Augen. Er nahm Angus am Arm: „Komm mit, mein Junge. Ich erzähle dir, was ich über deine Vorfahren weiß. Das bin ich dir als dein Vater, der sich nie um dich kümmern konnte, schuldig."

Und so erfuhr Angus, dass sein Vater sich nie um den Sohn kümmern durfte, nachdem dieser seine Mutter zu Grabe getragen hatte. Gemeinsam besuchten sie das Grab der Mutter, von dem Angus nicht wusste, dass es existierte.

Zuletzt erzählte der alte Mann ihm noch von den Gerüchten um seine Großmutter. Molly hatte den Mann verflucht, der ihre einzige Tochter gezeugt hatte. Dies hatte sie im hohen Alter bitter bereut, noch mehr machte ihr zu schaffen, dass sie ihr Kind als Findelkind in der Kirche ausgesetzt hatte. Zu Lebzeiten hatte sie es nicht gewagt, Kontakt zu ihrer Tochter aufzunehmen, weil sie sich für das, was sie getan hatte, schämte. Jede Woche besuchte sie das Grab ihrer Tochter und brachte ihr frische Blumen. Ob sie auch an ihrem Enkelkind interessiert war, konnte der alte Mann Angus allerdings nicht sagen.

Clara wusste nichts zu sagen, nahm Angus einfach nur in den Arm.

De Arbeiten an de Skjervøy gungen gau vöran. In de tweete Week keem ehr Grotvadder op de Warft. Clara weer froh över sien Hülp. Se seech avers de Spannung mank em un Angus. Grotvadder wieste düdli, dat he Angus ni af kun. Se fraachte sik, wat ehr Grootvadder gegen em harr.

An't Enn vun de Week ladete se ehr Grootvadder in to een Eten. He lenkte jümmer af, wenn se versöchte, över Angus to snacken. Na dat Eten sä he: „Ik kann Di neechste Week ni mehr hölpen. Avers Dien Boot is ok so wiet, dat Du neechste Week lossailen kannst. Wi warrn uns wohrschienli vörher ni mehr sehn. Tööv ni op mi. Hau leever af, ehr Dien Vadder Di wies kriegt. Un denn överwinter man in't Süden. Ik bee Di – nimm Di vör Mollys Sipp in Acht!"

Wat wuss ehr Grootvadder över Angus un sien Herkunft? Ehr se fragen kunn, snackte Grootvadder wieder: „Molly is eenmal mien Vadder bemötet un hett em dorbi verflucht. Mehr weet ik ok ni."

Nadenkern gung Clara na ehr Boot un funn nachts keen Ruh. Schull se Angus fragen, wat he över de Fluch von sien Grootmodder wuss?

Die Arbeiten an der Skjervøy gingen schnell voran. In der zweiten Woche kam ihr Großvater auf die Werft. Clara war froh über seine Hilfe, bemerkte aber die Spannung zwischen ihm und Angus. Großvater zeigte deutlich, dass er Angus nicht mochte. Clara fragte sich, was ihr Großvater gegen ihn hatte.

Am Ende der Woche lud Clara ihren Großvater zum Essen ein. Er wich ihr ständig aus, wenn sie versuchte, über Angus zu sprechen. Nach dem Essen sagte er: „Ich kann dir in der nächsten Woche nicht mehr helfen. Aber dein Boot ist soweit, dass du in der nächsten Woche lossegeln kannst. Wir werden uns wahrscheinlich vorher nicht mehr sehen. Warte nicht auf mich, hau lieber ab, bevor dein Vater dir auf die Schliche kommt und überwintere im Süden. Und bitte - nimm dich vor Mollys Sippe in acht!"

Was wusste ihr Großvater über Angus Herkunft? Bevor sie fragen konnte, redete ihr Großvater weiter: „Molly hatte einmal eine Begegnung mit meinem Vater und hat ihn dabei verflucht. Mehr weiß ich auch nicht."

Nachdenklich ging Clara zu ihren Boot und fand nachts keine Ruhe. Sollte sie Angus fragen, was er über den Fluch seiner Großmutter wusste?

De neechste Dage arbeideten se hard un snackten blots dat Nödichste mitnanner. Dodensmööd full Clara to Fieravend in't Bett. Een Week nadem ehr Grootvadder sik verafscheedet harr, weer dat sowiet. De Skjervøy weer ferdi för de grote Reis. Schull se tööven, to sik vun ehr Grootvadder to verafscheeden? Man dat Tiedfinster, dat ehr bleev, to noch vör de Störms dör de Biscaya in't Süden to sailen, wurr jümmers enger. So nehm se sik vör, Tönning de överneechste Dach to verlaten. Man se wull sik op jeden Fall vun Angus verafscheeden. Dorum ladte se em för de Avend to eten in.

Dat weer en wunnerschöne Avend. Wenn Angus se fraagt harr, ob he mit ehr sailen dors, harr se forts tosecht. Man he fraagte ni. Un se fraagte em ok ni, ob he mitsailen wull, wenn gliek se sik dat wünschte.

Na't Eten gungen si tosamen na de Skjervøy, wor Clare in de Arms von Angus insleep. Ehr se opwokte, gung he wech ahn sik vun Clara to verafscheeden.

Clara sleep anners an sünst teemlich lang. Dat Martinshorn weckte ehr denn. Wat weer passeert?

In den nächsten Tagen arbeiteten sie hart und sprachen nur das Nötigste miteinander. Abends fiel Clara totmüde ins Bett. Eine Woche, nachdem ihr Großvater sich von ihr verabschiedet hatte, war es soweit. Die Skjervøy war bereit für die große Reise. Sollte sie warten, sich von ihrem Großvater verabschieden? Doch das Zeitfenster, das ihr blieb, um noch vor den Stürmen durch die Biskaya in den Süden zu segeln, wurde immer enger. So beschloss sie, Tönning am übernächsten Tag zu verlassen. Aber sie wollte sich in jedem Fall noch von Angus verabschieden. Deshalb lud sie ihn für den Abend zum Essen ein.

Es war ein wunderschöner Abend. Wenn Angus sie gefragt hätte, ob er mit ihr mit segeln dürfte, hätte sie sofort ja gesagt. Doch er fragte nicht und sie fragte ihn auch nicht, ob er mitsegeln wolle, obwohl sie es sich wünschte.

Nach dem Essen gingen sie zusammen auf die Skjervøy, wo Clara dann in Angus Armen einschlief. Bevor sie aufwachte, ging er ohne sich von Clara zu verabschieden.

Clara schlief gegen ihre Gewohnheit relativ lange, wurde vom Lärm des Martinshorns geweckt. Was war geschehen?

Mööd kladderte se an Deck. Twee Polizeiautos un een Krankenwooch stunnen vör dat Packhuus. En Masse Lüüd harr sik vör de holten Kran versammelt. Wat weer passeert? Schull se nakieken? Nee, se hörte ni to de nieschierigen Sludertanten.

Clara nehm sik vör, ehr Bestand an Lebensmittel opstostocken un denn annerdachs mit de Weltreis to starten. Se weer werr bang vör de Wachhunnen vun ehr Vadder. Veel to lang weer se nu al an een Steed bleeven, an de veele Lüüd se kennten.

As se mit ehr inköffte Kram trüch na de Skjervøy keem, töövten twee Schandarmen op ehr. Se kreech mit, dat man ehr Grootvadder funnen harr, ophungen an de Lastkran. Wiel man eerstmol rutkriegen muss, woran he sturven is, wurr se anwiest, de Haven ni to verlaten, ehr dat de Umstännen vun dat Dotblieven ni genau klärt weern. Nebenher wurr se fraagt, wor se de letzte Nach verbröcht harr un ob dat dorför Tügen geev. So as dat wohr weer, anterte Clara, dat se na't Eten mit Angus an Bord gahn weer un lang slopen harr. Se kunn sik ni dorop besinnen, wennehr Angus von Bord gahn weer.

Müde kletterte sie an Deck. Zwei Polizeiwagen und ein Krankenwagen standen vor dem Packhaus. Eine Menschenmenge hatte sich vor dem hölzernen Lastkran versammelt. Was war geschehen? Sollte sie nachschauen? Nein - sie gehörte nicht zu den sensationslüsternen Tratschtanten.

Clara beschloss ihre Lebensmittelbestände aufzustocken, um am nächsten Tag mit ihrer Weltreise zu starten. Sie hatte wieder Angst vor den Wachhunden ihres Vaters. Viel zu lange war sie schon an einem Ort geblieben, an dem sie viele kannten.

Als sie mit ihren Einkäufen zurück zur Skjervøy kam, warteten zwei Polizisten auf sie. Sie erfuhr, dass man ihren Großvater erhängt am Lastkran vorgefunden habe. Da man erst einmal die Todesursache klären müsste, wurde sie aufgefordert, den Hafen nicht zu verlassen, bevor die Umstände des Todes genauer geklärt seien. Außerdem wurde sie befragt, wo sie die letzte Nacht verbracht habe und ob es dafür Zeugen gäbe. Clara antwortete wahrheitsgemäß, dass sie nach dem Essen mit Angus an Bord gegangen sei und lange geschlafen habe. Sie konnte sich nicht daran erinnern, wann Angus das Boot verlassen hatte.

As de Schandarmen afhaut weern, wor dat erst klor bi Clara, wat dor passeert weer. Ehr Grootvadder weer doot, wohrschienli harrn se em umbröcht. Un se weer een vun de Verdächtigen. Eerstmol dors se de Haven ni verlaten. Sachs wor ehr Vadder to de Beerdigung komen. Dat hetde, dat ehr schöne Plan mit de Weltreis opfleegen wor. Se beverte. Denn wor ehr klor, dat Angus de Mörder vun ehr Grootvadder sien kunn. Se wuss ni, wennehr he vun Bord gahn weer. Weer se verleevt in de Mörder vun ehr Grootvadder? Ümmerhenn weern de letzten Wöör, de Clara vun ehr Grootvadder hört harr, een Warnung vör Mollys Sippschop ween. Un to de hörte Angus nu mol.

Clara leepen de Tranen.

„Dörf ik an Bord komen, mein Leevste?", hörte se knapp dorna de bekannte Stimm von Angus. Clara nickkoppte, ehr dat ehr Verstand anfung to arbeiten.

„Dat deiht mi leed, he weer een wunnerbore Minsch", hörte se Angus Stimm. He nehm ehr in de Arm, striegelte se.

„Sech mi, wenn ik Di hölpen kann", fiestelte he in ehr Ohr.

Als die Polizisten sie verlassen hatten, wurde Clara erst bewusst, was passiert war. Ihr Großvater war tot, wahrscheinlich ermordet worden. Und sie war eine der Verdächtigen. Vorerst durfte sie den Hafen nicht verlassen. Sicher würde ihr Vater zur Beerdigung kommen. Das bedeutete, dass ihr schöner Plan mit der Weltreise auffliegen würde. Sie zitterte. Dann wurde ihr klar, dass Angus der Mörder ihres Großvaters sein könnte. Sie wusste nicht, wann er das Boot verlassen hatte. War sie in den Mörder ihres Großvaters verliebt? Schließlich waren die letzten Worte, die Clara von ihrem Großvater gehört hatte, eine Warnung vor Mollys Sippe gewesen. Und zu der gehörte Angus nun einmal.

Clara brach in Tränen aus.

„Darf ich an Bord kommen Liebste?", hörte sie kurz darauf eine bekannte Stimme - Angus. Clara nickte, bevor ihr Verstand mit der Arbeit begann.

„Es tut mir so leid, er war ein wundervoller Mensch", hörte sie Angus Stimme. Er umarmte sie, streichelte sie.

„Sag mir, wenn ich dir helfen kann", flüsterte er ihr ins Ohr.

Clara lehnte sik an em, vertellte em vun ehr Sorch, dat ehr Vadder se werr infangen kunn, man ehr avers verboden harr, de Haven to verlaten.

„Hau doch eenfach af, noch vunnach", sä Angus. Man denn schüttkoppte he: „Du hest recht. Ik heff ni doran dacht, dat Du dör de Eiderafdämmung dörslüüsen musst. Un letzt Enn dor kriegen se Di bi de Wickel."

Clara keek em truuri an.

Een Oogenblick spickeleerte Angus. Denn keek he ehr deep in de Oogen, nehm ehr Hannen un geev ehr een Söten.

„Mo chridhe, Du muss mi dat Eene verspreeken: Wat ümmer ok passeern schull, bitte hau af ut Düütschland, sobald Du de Gelegenheit hest. Seh to, dat de Skjervøy to jede Tied ferdi is to utlopen un Du jümmers nuch Proviant an Bord hest, dat Du wenst een Week lang keen Haven anlopen must."

„Ik heff vundag al inköfft", sä Clara.

„Hest Du nuch Sprit an Bord?", forschte Angus. Clara nickkopte.

Clara lehnte sich an ihn, erzählte ihm von ihrer Sorge, dass ihr Vater sie wieder einfangen könnte, ihr aber verboten war, den Hafen zu verlassen.

„Hau doch einfach ab, heute Nacht noch", sagte Angus. Doch dann schüttelte er den Kopf: „Du hast recht. Ich hatte nicht daran gedacht, dass du durchs Eidersperrwerk durchschleusen musst. Und spätestens dort erwischen sie dich."

Clara sah ihn nur traurig an.

Angus grübelte einen Moment. Dann sah er ihr tief in die Augen und nahm ihre Hände, küsste sie.

„Mo chridhe, du musst mir eins versprechen: Was immer auch geschehen mag, bitte verschwinde aus Deutschland, sobald dich dir die erste Gelegenheit bietet. Sieh zu, dass die Skjervøy jederzeit zum Auslaufen bereit ist und du immer so viel Proviant an Bord hast, dass du mindestens eine Woche lang keinen Hafen anlaufen musst."

„Ich habe heute erst eingekauft", sagte Clara.

„Hast du ausreichend Kraftstoff an Bord?", fragte Angus. Clara nickte.

„Sünd de Watertanks bet boben henn vull?",
bohrte Angus wieder.Clara schüttkoppte.

Angus wur unruhi. „Dann laat uns de Tanks
vullmaken".

„Morn ist ok noch een Dach", sä Clara un
kuschelte sik an em.

Angus weer unruhi: „Mien Leevste, laat uns
de Tanks nu glieks vullmaken. Ik heff een
beteret Geföhl, wenn Du jedertieds prat büst
to utlopen."

Clara kapeerte ni, worum he dat mitmol so
hild kreech, man se wull so'n schöne Avend ni
mit Snakerie verdarven. Tosamen makten se
de Tanks full. Kort dorna verafscheedete sik
Angus vun Clara. As he vun Bord gung, harr
he Tranen in de Oogen.

Eben dorna lechte Clara sik dol to slapen. Se
weer flau, sleep opstunns in. Neegste Dach
wakte se laat op.

As se an Deck keem, töövten twee
Schandarmen op ehr. Clara verfeerte sik.

„Kön wi mit se snacken?", fraagte de Jüngere
vun de Beiden. „Wi hemm wat Nieges."

„Sind die Wassertanks bis oben hin gefüllt?",
bohrte Angus weiter. Clara schüttelte den
Kopf.

Angus wurde unruhig. „Dann lass uns jetzt die
Tanks füllen."

„Morgen ist auch noch ein Tag", sagte Clara
und kuschelte sich an ihn.

Angus war unruhig: „Nein Liebes. Lass uns
die Tanks sofort füllen. Ich habe ein besseres
Gefühl, wenn ich weiß, dass du zum
Auslaufen bereit bist."

Clara verstand nicht, warum er plötzlich in
Hektik ausbrach, doch sie wollte den schönen
Abend nicht mit Diskussionen verderben.
Gemeinsam füllten sie die Tanks. Kurz darauf
verabschiedete Angus sich von Clara. Als er
das Boot verließ, hatte er Tränen in den
Augen.

Kurz danach legte Clara sich schlafen. Sie
war erschöpft, schlief sofort ein. Am nächsten
Tag erwachte sie spät.

Als sie an Deck kam, warteten an Land schon
zwei Polizisten auf sie. Clara zuckte zurück.

„Können wir mit ihnen reden?", fragte der
Jüngere von beiden. „Wir haben Neuigkeiten."

Clara nickkopte. As se an Bord stiegen wulln, weer se gauer un kladderte an Land. Se harr dat Geföhl, dat se de Skjervøy schiedi maken worn, wenn se an Bord keemen.

„Wie hemm wat Nieges...", fung de Jüngere an.

„Man kann dat liekers ni gude Narichten nomen", unnerbrook de Öllere em.

Clara keek de beiden fraagend an.

Un trüchholend snackte de Jüngere wieder: „Wi hemm noch keen Ergevnis vun de Obduktion. Dorum weeten wi noch ni genau, woran Se's Grootvadder storven is. Man wi hemm dat Geständnis vun een Mörder."

Clara wurr blass, kreech weeke Kneen. De Öllere seech ehr ernst an: „Deit mi leed, dat wi disse slimme Naricht för se hebben: Angus hett vunnach togeeven, dat he Se's Grootvadder dotmakt hett."

Clara schüttkoppte, wull dat ni glöven. Kunn een Minsch so'n kole Hart hemm, Leevde vörspeelen un denn de Grootvadder umbringen? Al werr erinnerte se sik doran, dat se ni wuss wennehr Angus von Bord gahn weer in de vergangen Nach as ehr

Clara nickte. Als die Beiden an Bord kommen wollten, war sie schneller und kletterte an Land. Sie hatte das Gefühl, dass sie die Skjervøy beschmutzen würden, wenn sie an Bord kämen.

„Wir haben neue Erkenntnisse...", begann der Jüngere.

„Gute Nachrichten kann man das allerdings nicht nennen", unterbrach ihn der Ältere.

Clara sah die Beiden fragend an.

Zögerlich machte der Jüngere weiter: „Wir haben noch kein Ergebnis von der Obduktion. Wir wissen daher noch nicht genau, woran und wie ihr Großvater gestorben ist. Aber wir haben das Geständnis eines Mörders."

Clara wurde blass, bekam weiche Knie. Der Ältere sah sie ernst an: „Es tut uns leid, dass wir diese schlimme Nachricht für sie haben: Angus hat heute Nacht gestanden, dass er ihren Großvater ermordet hat."

Clara schüttelte den Kopf, wollte es nicht glauben. Konnte ein Mensch so kaltherzig sein, Liebe vorspielen und dann den Großvater ermorden? Wieder erinnerte sie sich daran, dass sie nicht wusste, wann Angus ihr Boot in der Nacht, in der ihr

Grootvadder storv. Man worum weer dat so wichtig för em, dat ehr Boot klor to utlopen weer? Wull he mit dat Boot afhaun? Un worum wull he, dat se so gau as möchli wech kunn ut Düütschland? Fragen över Fragen. Wat schull se maken? Hier blieven bit to de Beerdigung vun ehr Grootvadder? Ne, dat weer to gefährli. Dat kunn noch Weeken duern, bit de Gerichtsmedizin de Liek friigeeven wor. Seeker weer ehr Vadder al op de Wech na Düütschland. Se muss wech. Een Blick op de Tiedenkalenner wieste ehr, dat se noch rund um bi een Stünn harr to ut de Haven ruttokoben. Gau prövte se de Proviant un de Technik. Al's weer klor to utlopen.

Dor weer ok een passend Wind. Mit Oostenwind un aflopen Water keem se gau op de Eiderafdämmung to. Kort bevör se dor weer kreech se weeke Knee.

Wor man ehr rutlaten op de Nordsee? Oder wor de Polizei oder sogor de Wachhunnen vun ehr Vadder bi de Slüüs op ehr tööven un ehr opholen? As se dör weer dör dat Slüüsendör na de Buteneider full ehr een Steen vun't Hart.

Großvater starb, verlassen hatte. Doch warum war es ihm so wichtig gewesen, dass ihr Boot klar zum Auslaufen ist? Wollte er mit dem Boot fliehen? Und warum wollte er, dass sie Deutschland so schnell wie möglich verlässt? Fragen über Fragen. Was sollte sie nun tun? Bis zur Beerdigung ihres Großvaters bleiben? Nein! Das war viel zu gefährlich. Es könnte noch Wochen dauern, bis die Gerichtsmedizin den Leichnam freigeben würde. Sicher würde ihr Vater schon auf dem Weg nach Deutschland sein. Sie musste weg. Ein Blick auf den Tiedenkalender zeigte ihr, dass ihr etwa noch eine Stunde bleib, um den Hafen zu verlassen. Schnell prüfte sie den Proviant und die Technik. Sie war klar zum Auslaufen.

Auch der Wind war ihr wohlgesonnen. Mit Ostwind und dem Ebbstrom kam sie schnell in Richtung Eidersperrwerk voran. Kurz vor Erreichen der Schleuse bekam sie weiche Knie.

Würde man sie auf die Nordsee hinauslassen? Oder würden Polizei oder sogar die Wachhunde ihres Vaters bei der Schleuse auf sie warten und sie dort aufhalten? Als sie das Schleusentor zur Außeneider passiert hatte, atmete sie erleichtert auf.

Kort dorna weer ehr Reis binah al toenn ween. Clara markte de Sand inne letzte Moment. Se muss oppassen. Dat Fohrwater vun de Buteneider weer bi Leechwater eng un vigeliensch.

Worhen schull se fohren? Dat trock ehr na Norwegen. Avers dat weer gefährli: Dor wor ehr Vadder bi Tieden na ehr söken laaten. Wenn se in't Süden överwintern wull, bleev ehr ni mehr veel Tied dorhen to komen, ehr de Winterstörms anfungen. As se rut weer ut de Eider, nehm se Kurs na't Süden. Nu harr se erstmal nuch Water ünner de Kiel, muss blots noch op de Kurs un op annere Scheepe oppassen.

„Dundee, fohr nümmers na Dundee. Nehm Di in Acht för Mollys Sippschop..." Jümmers werr geisterten düsse Wöör in ehr Kopp umbi.

Dat Seebäderschipp vun Helgoland krüzde ehr Kurs. Dat weer laat. Se muss sik een Hoben söken, dat se slapen kunn.

„Dundee.." - se muss na Schottland. So gau as möchli un dat keener dat seech.

Eerst mol schaltete se al elektronische Geräte af, mit de se ortet harr harr warn kunnt.

Kurz danach wäre ihre Reise fast zu Ende gewesen. Clara bemerkte die Untiefe im letzten Moment. Sie musste sich konzentrieren. Das Fahrwasser der Außeneider war bei diesem niedrigen Wasserstand eng und schwierig.

Wohin sollte sie fahren? Es zog sie nach Norwegen, aber das war zu gefährlich. Dort würde ihr Vater schnell nach ihr suchen lassen. Wenn sie im Süden überwintern wollte, blieb ihr nicht mehr viel Zeit, dorthin zu kommen, bevor die Herbststürme begannen. Als sie die Eider verlassen hatte, nahm sie Kurs nach Süden. Jetzt hatte sie erst einmal genug Wasser unterm Kiel, musste nur noch auf den Kurs und andere Schiffe achten.

„Dundee, fahre niemals nach Dundee. Hüte dich vor Mollys Sippe...“. Immer wieder geisterten diese Worte in ihrem Kopf herum.

Das von Helgoland kommende Seebäderschiff kreuzte ihren Kurs. Es wurde spät, sie musste sich einen Hafen suchen, um dort zu übernachten.

„Dundee...“ - sie musste nach Schottland. So schnell wie möglich und ungesehen.

Zunächst einmal schaltete sie alle elektronischen Geräte ab, über die sie geortet

Na'n halve Stünn ännerte se de Kurs.

Dat weer een gefährliche Plan: Se woor een poor Dage över de friie Nordsee fohren, woor ni slapen könen. Se harr keen passende Seekorten, denn Schottland weer nümmers ehr Sailgegend ween. De anfängliche Plan weer ween, an de Küst lang dör de südliche Nordsee un dör de Kanol in de Atlantik to komen. Helgoland wull se ni anloopen. Denn kunn man ehrn Wech bestimmen. Dat weer gefährli un gegen alle Regeln. Man ehr Buukgeföhl sä ehr., dat dat ween muss. Se muss jichenseen Haven an de schottische Küst to faten kriegen. Dor kunn se sik Seekorten besorgen und na een korte Paus de Reis na Dundee wieder fohren.

De Nordsee meente dat gut mit ehr: Ruhige See un frische Wind ut Oost brochte ehr gau vöran. As se wegen to weni Slop binah tosabensackte, kemen in Düstern de Lichter vun een grötere Stadt över de Kimm.

Suutje manövreerte se in de Haven. He weer bannig groot. Clara söchte in ehr Kopp na Information, de se över de schottische un

werden könnte. Nach einer halben Stunde änderte sie ihren Kurs.

Es war ein gefährlicher Plan: Sie würde mehrere Tage über die offene Nordsee segeln, würde nicht schlafen können. Sie hatte keine passenden Seekarten, denn Schottland war nie ihr Zielgebiet gewesen. Der ursprüngliche Plan war, an der Küste entlang durch die südliche Nordsee und durch den Ärmelkanal in den Atlantik zu kommen. Helgoland wollte sie nicht anlaufen. Dann könnte man wieder ihren Weg bestimmen. Es war gefährlich und gegen alle Regeln, doch ihr Bauchgefühl sagte ihr, dass es sein musste. Sie musste irgendwie einen Hafen an der schottischen Küste erreichen. Dort könnte sie sich Seekarten besorgen und nach einer kurzen Pause den Weg nach Dundee fortsetzen.

Die Nordsee war ihr wohlgesonnen: ruhige See, ein frischer Wind aus Osten brachte sie schnell voran. Als sie wegen Schlafmangel kurz vor dem Zusammenbruch stand, tauchten aus dem Dunkel die Lichter einer größeren Stadt vor ihr auf.

Vorsichtig manövrierte sie in den Hafen. Er war riesig. Clara suchte in ihrem Kopf nach Informationen, die sie über die schottischen

engelsche Nordseehobens harr. Wenn se ni alto wiet afkomen weer vun ehr Kurs, muss se in Schottland ween. Se seech Tankers un Scheepe, de se as Versorgers för de Bohrinseln kennte. Wenn se mit ehr Inschätzung ni ganz dorneben leech, muss se in Aberdeen anlandet ween, Europas Ölhauptstadt.

De Masten vun de Seilbööde wiesten ehr de Wech na een Liegeplatz för de Skjervøy. De Havenmeister weer gau to Steed, to de Gebühren för de Liegeplatz to kasseern.

Clara holte deep Luff: De Formalitäten harr se erledigt. Se harr een Liegeplatz för veer Dage hüert. Genuch to to Ruh to komen un de Stadt antokieken. Een to korte Openthold harr na de lange Reis, de man ehr bestimmt anseech, sachs Fragen hochkomen laaten.

Nu kunn se endli in ehr Koje verswinnen un utslopen. Clara versleep de heele Dach un ok de tokomen Nach. Bi de neechste Sünnenopgang wokte se fein erholt op.

Nu weer dat anne Tied, sik Seekorten vun Schottland to besorgen un de Wiederreis to planen. Toerst geev dat een düchtige Fröhstück in een Pub.

und englischen Nordseehäfen hatte. Wenn sie nicht allzu sehr vom Kurs abgekommen war, müsste sie in Schottland sein. Sie sah Tanker und Schiffe, die sie als Versorgungsschiffe für Bohrinseln einordnete. Wenn sie mit ihrer Einschätzung nicht völlig daneben lag, musste sie in Aberdeen gelandet sein, Europas Ölhauptstadt.

Die Masten der Segelboote wiesen ihr den Weg zu einem Liegeplatz für die Skjervøy. Der Hafenmeister war schnell zur Stelle, um die Gebühren für den Liegeplatz zu kassieren.

Clara atmete auf: Die Formalitäten hatte sie erledigt. Sie hatte den Liegeplatz für vier Tage gebucht. Genug, um sich auszuruhen und die Stadt anzusehen. Ein kurzer Aufenthalt hätte nach der langen Anreise, die man ihr bestimmt ansah, sicher Fragen aufgeworfen.

Nun konnte sie endlich in ihrer Koje verschwinden und ausschlafen. Clara verschlief den ganzen Tag und auch die Nacht. Beim nächsten Sonnenaufgang wachte sie erholt auf.

Nun war es an der Zeit, sich Seekarten von Schottland zu besorgen und die Weiterreise zu planen. Zuerst einmal frühstückte sie ausgiebig in einem Pub.

Denn gung se los oppe Söök vun een Schippsutrüster, to aln's Notwennige för de Wiederreis to besorgen.

Nameddachs seet se an Deck un studeerte de Seekorten. Dat weer een wunnerschöne Sünnschiendag. Clara lachte, as se doröver nadenken de. Se harr bitlang blots hört, dat dat in Schottland jümmers regente.

Dundee leech in't Süden. Dat schull ehr neechste Statschon warrn. Se muss rutfinnen, wat dat mit de Warnungen vör Dundee un Mollys Sipp op sick harr.

Tranen steegen ehr in de Oogen. Se müss an ehr Grootvadder denken. Weer he middewiel beerdigt oder leech he jümmers noch in de Kühl vun de Liekenhall, bitdat de Liekenfledderers em untnanner puulten? Twee Dage harr se noch, ehr dat se wiedersailen wull. Se nehm sik Tied, to de Stadt kennen to lehrn, besöchte de Marcht`s Cathedral, spazeerte över de söben Bogens vun de Brigs` Dee.

Denn tweeten Dach nehm se sik örnli Tied, to de Brigs` Balgownie antokieken. Se bewunnerte dat Buuwark. Dat weer al in't fröhe Middelöller um 1320 buut un weer bit in't 19. Johrhunnert de eenzige Towech na de Stadt.

Danach machte sie sich auf die Suche nach einem Schiffsausrüster, um alles Notwendige für die Weiterreise zu besorgen.

Nachmittags saß sie an Deck und studierte die Seekarten. Es war ein wunderschöner sonniger Tag. Clara lachte, als sie darüber nachdachte. Sie hatte bislang nur gehört, dass es in Schottland immer regnete.

Dundee lag im Süden. Dies würde ihre nächste Station sein. Sie musste herausfinden, was es mit den Warnungen vor Dundee und Mollys Familie auf sich hatte.

Tränen stiegen ihr in die Augen. Sie musste an ihren Großvater denken. War er inzwischen beerdigt worden oder lag er noch immer in der Kälte einer Leichenhalle, während die Gerichtsmediziner ihn zerlegten? Zwei Tage hatte sie noch, bevor sie weitersegeln wollte. Clara nahm sich Zeit, um die Stadt kennenzulernen, besuchte die St. Marcht`s Cathedral, spazierte über siebenbogige Brigs` Dee.

Am zweiten Tag nahm sie sich viel Zeit, die Brigs` Balgownie anzuschauen. Das Bauwerk faszinierte sie. Die Brücke wurde bereits im frühen Mittelalter um 1320 gebaut, war bis ins 19. Jahrhundert der einzige Zugang zur Stadt.

Fröh anne Morn fohrte se af vun Aberdeen mit Kurs op Dundee. Wat keem op se to? Wat makte ehr Vadder? Vermisste he ehr al?

In Dundee keek de Havenmeister bös snuupsch na ehr. Clara wor nervös. Weern de Spioneerhunnen vun ehr Vadder al ünnerwegens op ehr Spor? Wor de oole Havenmeister, de man sien veele Johrn op See ansehn kunn, se an de Spions vun ehr Vadder, de Woot op de See harr, verroden?

Se bleev an Bord, klorte op un bleev de ganze Tied op de Luur. Se wull de Haven sofort verlaten, wenn se dat Geföhl harr, dat dat gefährlich warn kunn.

Neech bi avends gung de Spannung een beeten wech. Denn seech se de Havenmeister bi de Havenmuur stahn. Se verfehrte sik un wull die Lienen lossmieten.

De oole Mann snackte se an: „Skjervøy, dörf ik an Bord komen?"

Dorbi heel he beide Hannen in de Hööchde. In de eene Hand heel he een Buddel – wohrschienli Whisky. In de anner Hand heel he een Stück Popeer, dat utseech as een Breef.

Frühmorgens verließ sie Aberdeen und machte sich auf den Weg nach Dundee. Was würde sie dort erwarten? Was machte ihr Vater? Vermisste er sie schon?

In Dundee beäugte der Hafenmeister sie skeptisch. Clara wurde nervös. Waren die Wachhunde ihres Vaters ihr schon auf der Spur? Würde der alte Hafenmeister, dem man seine vielen Jahre auf See ansah, sie an die Wachhunde ihres Vaters, der die See hasste, verraten?

Sie blieb an Bord, klarte auf und war die ganze Zeit über wachsam. Sie wollte den Hafen sofort verlassen, wenn sie das Gefühl hatte, dass ihr Gefahr drohte.

Gegen Abend entspannte sie sich etwas. Dann sah sie den Hafenmeister an der Hafenmauer stehen. Sie erschrak, wollte die Leinen loswerfen.

Der alte Mann sprach sie an: „Skjervøy, darf ich an Bord kommen?"

Dabei hielt er beide Hände in die Höhe. In der einen Hand hielt er eine Flasche - wahrscheinlich Whisky - in der anderen Hand hielt er ein Stück Papier, es sah aus wie ein Brief.

Se harr verlorn. De Griepers vun ehr Vadder harrn se funnen un se woor nümmers mehr wechkomen. Resigneert laadte se de Havenmeister in, an Bord to komen.

He smusterte se an: „Nebenbi, ik heet Sean."

Clara tuckte mit ehr Schuller.

Sean holte twee Glös ut sien Jackentaschen, got se vull Whisky. Denn geev he ehr een.

„Hier, op Willkomen. Dat gifft wat to fiern."

Clara beluurte em blots gifti.

Dorophen lachte Sean: „Ik verstah: Du meenst ik weer een vun de Bloothunnen vun Dien Vadder. Man in Gegendeel: De hiere Breef dörf ik Di blots geeven, wenn Du mi de Ohrring un de Tätoweerung vun Dien Urgrootvadder beschrieven kannst."

Nu weer Clara nieschieri, beschreev mit Tranen inne Oogen de Tätoweerung vun ehr Urgrootvadder. De Ohrring beschreev se nich, wieste man blots op ehr linket Ohr.

De oole Mann nickkoppte: „Dat is schön, dat ween's een Minsch dat Andenken vun een

Sie hatte verloren. Die Häscher ihres Vaters hatten sie gefunden und sie würde nicht mehr wegkommen. Resigniert lud Clara den Hafenmeister ein, an Bord zu kommen.

Er lächelte sie an: „Ich heiße übrigens Sean."

Clara zuckte nur mit den Schultern.

Sean holte zwei Gläser aus seinen Jackentaschen, füllte sie mit Whisky. Dann hielt er ihr eins hin.

„Hier. Als Willkommen. Es gibt etwas zu feiern."

Clara schaute ihn nur wütend an.

Nun lachte Sean: „Ich verstehe! Du hältst mich für einen der Bluthunde deines Vaters. Aber ganz im Gegenteil! Den Brief hier darf ich dir nur aushändigen, wenn du mir den Ohrring und die Tätowierung deines Urgroßvaters beschreiben kannst."

Nun wurde Clara neugierig, beschrieb unter Tränen die Tätowierung ihres Urgroßvaters. Den Ohrring beschrieb sie nicht, sondern zeigte nur auf ihr linkes Ohr.

Der alte Mann nickte: „Es ist schön, dass wenigstens ein Mensch das Andenken eines

utergewöhnliche Minsch ehrt un sien Kunst wiedermakt."

Clara verstunn ni, wat he ehr mit düsse Wöör seggn wull. Ehr se nafragen kunn, geev he ehr de Breef un böhrte sien Glas hoch.

„Ik drink op een utergewöhnliche Fruu, de Dien Urgrootvadder en Dochter schenkt hett, vun de de Söhn as sien Grootvadder to See fohrt. Un ik drink op sien Urenkelin, de jüst so to See fohrt."

Clara keem ni ganz mit, wat he mit düsse Wöör seggn wull, keek em verbiestert an. Sean wieste op de Breef in ehr Hand. Clara tuckte tosamen un keem hoch ut ehr Droom. Denn makte se de Breef op.

„Mien Leevste", leeste se dor. „Wenn Du düsse Breef leesen deist, weet ik, dat sik mien Insatz lohnt hett. Du büst een Fruu mit Mood un geihst na Dien Hart..."

Wer harr den Breef an se schreeven? Se keek an dat End vun de lange Breef: Angus.

Worvun wuss he, dat se in Dundee weer?

besonderen Menschen ehrt und seine Kunst weiterführt."

Clara verstand nicht, was er ihr mit diesen Worten sagen wollte. Bevor sie nachfragen konnte, reichte er ihr den Brief und hob sein Glas Whisky.

„Ich trinke auf eine besondere Frau, die deinem Urgroßvater eine Tochter geschenkt hat, deren Sohn wie sein Großvater zur See fährt. Und ich trinke auf seine Urenkelin, die ebenfalls zur See fährt."

Clara konnte ihm nicht folgen, schaute ihn verwirrt an. Sean zeigte auf den Brief in ihrer Hand. Clara zuckte zusammen und war aus einem Traum erwacht. Dann öffnete sie den Brief.

„Meine Liebe", las sie dort. „Wenn du diesen Brief liest, weiß ich, dass sich mein Einsatz gelohnt hat. Du bist eine mutige Frau und folgst deinem Herzen..."

Wer hatte ihr den Brief geschrieben? Sie schaute auf das Ende des langen Briefes: Angus.

Woher wusste er, dass sie in Dundee war?

Clara leste wieder: „Ik heff haapt, dat Du na Dundee fohrst, to de Wohrheit rut to kriegen, wennglieks Dien Sipp Di vun düsse Stadt wechholen wull. Un dat wiest mi, dat ik Vertruun hem kann to Di, dat Du nix vun de Intriegen um Dien Vadder weetst, de mi dodmaken wull, to mien Arfdeel to kriegen."

Nu verstunn se gor nix mehr. Woso kennte ehr Vadder Angus un wat harr he vun Möchlikeiten, an dat Arfdeel vun een wildfremme Minsch to komen?

Verbiestert keek se hoch vun de Breef. Sean heel ehr een Whiskyglas henn. Dankbor neem Clara dat un drunk een grote Sluuk ehr dat se wieder leeste.

„Mien Fründ Sean, de Havenmeister vun Dundee, övergifft Di de Breef. He weet al'ns. Du kannst em vertruuen, Du büst een wunnerbore Fru. So stell ik mi mie tokünftige Fru vör. Man wi köön keen Poor warn, denn wi sünd blotsverwandt."

Clar schüttkoppte, nehm noch een grooten Sluuk Whisky, ehr se wiederlesen de. Sean makte dat Glas sofort werr vull. Wie't schient, wuss he, dat se noch mehr Whisky bruuken wör.

Clara las weiter: „Ich hatte gehofft, dass du nach Dundee gehst, um die Wahrheit zu finden, obwohl deine Familie dich von dieser Stadt fernhalten wollte. Und es zeigt mir, dass ich dir vertrauen kann, dass du nichts von den Intrigen deines Vaters weißt, der mich töten will, um mein Erbe zu bekommen."

Nun verstand sie überhaupt nichts mehr. Wieso kannte ihr Vater Angus und welche Möglichkeiten hatte er, an das Erbe eines wildfremden Menschen zu kommen?

Verwirrt schaute sie von dem Brief auf. Sean hielt ihr ein Whiskyglas hin. Dankbar nahm Clara es an und trank einen großen Schluck, bevor sie weiter las.

„Mein Freund Sean, der Hafenmeister von Dundee überbringt dir diesen Brief. Er ist in alles eingeweiht. Du kannst ihm vertrauen. Du bist eine wunderbare Frau. So stelle ich mir meine zukünftige Ehefrau vor. Leider können wir kein Paar werden, denn wir sind blutsverwandt."

Clara schüttelte den Kopf, nahm noch einen großen Schluck Whisky, bevor sie weiter las. Sean füllte ihr Glas sofort nach. Er schien zu wissen, dass sie noch mehr Whisky brauchen würde.

„Mien Grootmodder Molly hett Dien Urgrootvadder verflucht, as he se alleen leet, ahne to betahln för de Deenste vun Leevde. To de Tied wuss se noch ni, dat he ehr dat eenzige Kind makt harr. Laterhenn duuerte dat Molly. Nadem ik mien Vadder kennen lehrt heff, stellte he mi vör bi mien Grootmodder. Dat heff ik Di ni vertellt, wieldat ik bit dor hento ni seeker weer, ob Du een ehrliche Huut büst, as Dien Urgrootvadder un Dien Grootvadder dat weern.

Molly de dat leed, dat se ehr Dochter wechgeeven harr un dat se dien Urgrootvadder verflökt harr. Se versöchte, de Flöök optolösen, dormit, Dien Urgrotovadder ni noch mehr passern schull. Dorto schreev se een Breef wormit se em um Vergeeven fraagte. De Breev keem leider to laat. Dien Urgrootvadder weer to de Tied al dod.

De Breef hett wohrschienli dien Vadder inne Hannen kreegen, denn he fung an, Naforschungen över Molly un ehr Nakomen to maken, wiel he arven wull. Du muss weeten: Mien Grootmodder weer wull een Professionelle, man se harr dat to een beten Wohlstand bröcht un mi as eenzige Nakomen as Alleenarven insett.

„Meine Großmutter Molly hat deinen Urgroßvater verflucht, als er sie verließ, ohne für ihre Liebesdienste zu zahlen. Zu dem Zeitpunkt wusste sie noch nicht, dass er ihr einziges Kind gezeugt hatte. Später hat Molly es bedauert. Nachdem ich meinen Vater kennengelernt hatte, stellte er mir meine Großmutter vor. Das hatte ich dir verschwiegen, weil ich bislang nicht sicher war, ob du eine ehrliche Haut bist, wie dein Urgroßvater und dein Großvater es waren.

Molly bereute, dass sie ihre Tochter weggegeben hatte und dass sie deinen Urgroßvater verflucht hatte. Sie versuchte, den Fluch rückgängig zu machen, damit deinem Urgroßvater nicht noch mehr zustoßen sollte. Außerdem schrieb sie ihm einen Brief, in dem sie ihn um Verzeihung bat. Der Brief kam leider zu spät. Dein Urgroßvater war zu diesem Zeitpunkt schon tot.

Der Brief ist wahrscheinlich deinem Vater in die Hände gefallen, denn er begann, Nachforschungen über Molly und ihre Nachkommen anzustellen, um zu erben. Du musst wissen: Meine Großmutter war zwar eine Prostituierte, aber sie hat es zu einigem Wohlstand gebracht und mich als einzigen Nachkommen zum Alleinerben eingesetzt.

Veer Maande her, hett Dien Vadder mi in Asien vermodet, dorum sien Reis dorhenn. Ik bün ni seeker, ob he intwüschen rutkreegen hett, wo ik bün. Wenn dat so ween schull, mut ik bang ween um mien Leven."

Clara beverte. Se kennte ehr Vadder. He wör över Lieken gahn, wenn dat um Geld gung. Weer se ok in Gefohr?

De oole Havenmeister striegelte ehr Arm, prostete ehr to. Dankbor nehm Clara een groote Sluuk Whisky. Se kennte Sean ni, föhlte sick avers seeker bi em.

„Ik weer na Tönn fohrt, wiel ik nieschieri op mien Verwandten weer. Geern harr ik mit Dien Urgrootvadder över Molly snackt, man de weer al dod. Mit Dien Grootvadder heff ik mi eenigermaten verstahn, man he wuss ni, dat ik een Nakomen vun Molly bün.

As ik Di seech, heff ik mi sofort in Di verleevt. Denn stelltest du mi dien Grootvadder vör un ik kreech dat klor, dat wi keen Poor warn kunn'n, wiel wi mitnanner verwandt sünd.

Wer ok ümmer Dien Grootvadder mordet hett,

Vor einigen Monaten hatte Dein Vater mich in Asien vermutet, deshalb seine Reise dorthin. Ich bin nicht sicher, ob er inzwischen rausbekommen hat, wo ich mich aufhalte. Falls ja, muss ich um mein Leben bangen."

Clara zitterte. Sie kannte ihren Vater. Er würde über Leichen gehen, wenn es um Geld ging. War sie auch in Gefahr?

Der alte Hafenmeister streichelte ihren Arm, prostete ihr zu. Dankbar nahm Clara einen großen Schluck Whisky. Sie kannte Sean nicht, fühlte sich aber in seiner Gegenwart sicher.

„Ich war nach Tönning gefahren, weil ich neugierig auf meine Verwandten war. Gern hätte ich mit deinem Urgroßvater über Molly gesprochen, doch der war schon tot. Mit deinem Großvater habe ich mich einigermaßen gut verstanden, doch er wusste nicht, dass ich Mollys Nachfahre bin.

Als ich dich sah, habe ich mich sofort in dich verliebt. Dann stelltest du mir deinen Großvater vor und mir wurde klar, dass wir niemals ein Paar werden können, weil wir miteinander verwandt sind.

Wer auch immer deinen Großvater ermordet hat, er wusste von meiner Verwandschaft mit

he wuss vun mien Verwandshop to Molly. Wiel du mi machst, weerst ok Du in Gefohr. Denn heff ik besloten, erstmal de Mord op mien Kapp to nehmen, to Di ut de Gefohr rut to bringen un Di gliektiedi ok de Flucht vör Dien Vadder möchli to maken. Ik heff hofft, dat Du Naforschungen wegen Molly maken worst."

Clara harr Tranen in de Oogen. Wat schull se nu dohn? Sean striegelte ehr sinnig över de Arm.

„Wenn Du wullt, kann ik di Molly geern vörstelln."

Clara nickkoppte.

„Fein, denn kumm morgen fröh na de Pub un fröhstück dor. Een junge Mann ward Die ansnacken un Di de Gegend wiesen wöön. He is mien Neffe, de Di na Molly bringen ward. Tier Di erst 'n beten, ehr Du de Inladung annimmst. Hier gifft dat veel Spione."

„Dösige Gegend", dach Clara.

Sean schenkte ehr noch een Whisky in, prostete ehr to un haute denn af.

Molly. Da du mich magst, warst du auch in Gefahr. Deshalb beschloss ich, erst mal den Mord zu gestehen, um dich aus der Gefahrenzone zu bringen und dir zugleich auch die Flucht vor deinem Vater zu ermöglichen. Ich hatte gehofft, dass du Nachforschungen wegen Molly anstellen würdest."

Clara hatte Tränen in den Augen. Was sollte sie nun tun? Sean streichelte ihr sanft über den Arm.

„Wenn du möchtest, kann ich dir Molly gerne vorstellen."

Clara nickte.

„Gut, dann komm morgen früh zum Pub und frühstücke dort. Ein junger Mann wird dich ansprechen und dir die Gegend zeigen wollen. Es ist mein Neffe, der dich zu Molly bringen wird. Zier dich erst ein bisschen, bevor du die Einladung annimmst. Hier gibt es zu viele Spione."

„Seltsame Gegend", dachte Clara.

Sean schenke ihr noch einen Whisky ein, prostete ihr zu und verschwand dann.

Clara gung fröh to Bett. Dat wor een unruhige Nach. Alpdrööme quälten ehr. Ehr Vadder schickte sien Bloothunnen achter ehr ran. Se fungen se in, versöchten se to versuupen. Se kreech keen Luff mehr, zappelte un schreechte. Denn kreech se endli werr Luff.

Se makte de Oogen op, versöchte, sick to orienteern. Dat Boot beweechte sik vigeliensch, so as wenn jüst eener an Bord komen weer oder jüst vun Bord gahn weer. Wat schull se dohn?

Denn kloppte dat: „Clara, dörf ick an Bord komen? Ick bün dat, Sean, de Havenmeister."

Clara runte blots: „Ja."

Sean harr se entweder hört, oder em weer dat egol.

„Is al'ns goot bi di? Hest du de Kirl sehn, de bi di an Bord weer?"

Clara schüttkoppte.

„Ik heff em leider ni mehr bi de Wickel kreegen. De Typ weer to gau för mi. Avers ik kunn een Bild vun em maken. Kennst du de?"

Clara ging früh schlafen. Es wurde eine unruhige Nacht. Alpträume quälten sie. Ihr Vater schickte seine Bluthunde hinter ihr her. Sie fingen sie ein, versuchten, sie zu ertränken. Clara bekam keine Luft mehr, zappelte und schrie. Dann bekam sie endlich wieder Luft.

Sie machte die Augen auf, versuchte sich zu orientieren. Das Boot bewegte sich ungewöhnlich, so als ob gerade Jemand an Bord gekommen war, oder es gerade verlassen hatte. Was sollte sie tun?

Da klopfte es: „Clara, darf ich an Bord kommen? Ich bin es, Sean, der Hafenmeister."

Clara flüstere nur: „Ja."

Sean hatte sie entweder gehört, oder es war ihm egal.

„Bist du okay? Hast du den Kerl gesehen, der bei dir an Bord war?"

Clara schüttelte den Kopf.

„Ich habe ihn leider nicht mehr erwischt. Der Typ war zu schnell für mich. Aber ich konnte ein Foto von ihm machen. Kennst du den?"

Seam heel ehr sien Smartphone henn. Clara schoot tosamen. Dat seech bi't erste Henkieken ut as ehr Vadder. Se keek nomal genauer hen. Denn leepen ehr de Tranen. Dat weer wohrafti ehr Vadder. Ehr eegen Vadder harr jüst versöcht, ehr umme Eck to bringen! Se harr ni dröömt, dat se keen Luff mehr kreech!

Sean nehm se inne Arm.

„Al'ns goot, mien Lütten. Ick pass op di op un stah di bi. Wi möten avers de Plan ännern. Gifst du mi för een poor Dage sien Boot?"

Wat harr he vör? Clara tuckte mit de Schullern.

„Pass op, Lütten. Ik gah glieks vun Bord un smiet al de Lienen los. Du bliffst ünner Deck. De Strom ward di no See to drieven. De Daak ward Dd versteken. In laatstens een halve Stünn geiht een Roboot langsiets. Kiek na, wer binnen sitt. Wenn ik dat bünn, laat mi an Bord komen. Wenn ick dat ni bünn, nehm de Bootshak un seh to, dat Du de Kirl versenkst. Denn is dat entweder dien Vadder oder een vun sien Hölpers. Wenn de dat sünd, nehm Kurs op Edinburgh un fraag dor na Charly Mac Leod."

Sean hielt ihr sein Smartphone hin. Clara erschrak. Es sah auf den ersten Blick aus wie ihr Vater. Clara schaute noch einmal genauer hin. Dann brach sie in Tränen aus. Es war tatsächlich ihr Vater. Ihr eigener Vater hatte gerade versucht, sie umzubringen! Sie hatte nicht geträumt, keine Luft mehr zu bekommen!

Sean nahm sie in den Arm.

„Alles gut Kleine. Ich pass auf dich auf und beschütze dich. Wir müssen allerdings den Plan ändern. Vertraust du mir für einige Tage dein Boot an?"

Was hatte er vor? Clara zuckte nur mit den Schultern.

„Pass auf, Kleine. Ich gehe gleich von Bord und werfe dabei alle Leinen los. Du bleibst unter Deck. Der Strom wird dich in Richtung Meer treiben. Der Nebel wird dich verbergen. In spätestens einer halben Stunde geht ein Ruderboot längsseits. Schau nach, wer drin sitzt. Wenn ich es bin, lass mich an Bord kommen. Wenn ich es nicht bin, nimm den Bootshaken und sieh zu, dass du den Kerl versenkst. Dann ist es entweder dein Vater oder einer seiner Helfer. Falls die es sind, nimm Kurs auf Edinburgh und frag da nach Charly Mac Leod."

„Un wenn Du kümmst?"

„Still, Lütten, ick mutt nu los."

Mit Spannung luurte Clara nu op jede Luud. De Lienen wurrn lossmeten. Se markte, dat de Skjervøy anfung to driiven. Clara keek na de Klock. Een halve Stünn Ungewissheit töövte op ehr. Kunn se dat riskeern, hier in fremdet Rebeet, dat Schipp eenfach so driiven to laten?

Ehr Buukgeföhl seed se, dat se Sean vertruun kunn. He kennte de See hier.

Na een Viertelstünnung gung se sachten an Deck. Dichte Nevel verstook dat Schipp. Na 'n korte Tied hörte se Ruderslach. Anstrengt plierte se in de Daak to sehn, wer sik jüst an ehr Boot ransleek. Seekerheitshalver nehm se almol de Bootshak to Hand. Schemenhaft duukte dat Roboot ut de Daak op. Denn lichtete sik de Nevel un se wurr Sea wies.

Ehr full 'n Steen vun't Haart un se wull em ropen, man Sean geev ehr een Teeken still to ween. He keem langsiets un denn an Bord. Dat Roboot vertäute he an't Heck un stellte sik as selbstverständlich an't Roor. Denn geev he

„Und wenn du kommst?"

„Still Kleine, ich muss nun los."

Angespannt lauschte Clara auf jedes Geräusch. Die Leinen wurden losgeworfen. Sie spürte, dass die Skjervøy zu treiben begann. Clara schaute auf die Uhr. Eine halbe Stunde Ungewissheit erwartete sie. Konnte sie es riskieren, das Boot hier in fremden Gewässern einfach so treiben zu lassen?

Ihr Bauchgefühl sagte ihr, dass sie Sean vertrauen konnte. Er kannte die Gewässer hier.

Nach einer Viertelstunde ging sie vorsichtig an Deck. Dichter Nebel verbarg das Schiff. Nach kurzer Zeit hörte sie Ruderschläge. Angestrengt spähte sie in den Nebel, um zu erkennen, wer sich gerade ihrem Boot näherte. Sicherheitshalber nahm sie schon mal den Bootshaken zur Hand. Schemenhaft tauchte das Ruderboot aus dem Nebel auf. Dann lichtete sich der Nebel etwas und sie konnte Sean erkennen.

Erleichtert wollte sie ihn rufen, doch Sean gab ihr Zeichen zu schweigen. Er ging längsseits und kam an Bord. Das Ruderboot vertäute er am Heck und stellte sich wie selbstverständlich ans Ruder. Dann machte er

ehr Teeken, de Sails to setten. De Skjervøy nehm Fohrt up. Clara puste sik frii. De Afstand na ehr Vadder vergröterte sik.

„Pack di inne Koje, Lütten, un slap 'n beten. Morgen ward de Dach anstrengend för di."

Clara keek em fragend an.

„Mehr musst Du erstmol ni weeten. Vertruu mi eenfach."

Clara weer dodmööd un harr keen Luss wieder natodenken. Se gung ünner Deck un sleep forts in. Se wokte op, wieldat irgendwat anners weer. As se an Deck keem, kunn se erst nix sehn, wiel de Sünn se blendete. De Skjervøy leech in een lüttje Bucht vör Anker. Sean söchte de Kimm af, as wör he op irgendwat tööven.

Clara keek sien Blick achternah un entdeckte een Seil. Wat harr dat to bedüüden?

„Dat is mien Neffe, He bringt di na Molly. Wenn du Verlööf giffst, sail ick de Skjervøy wieder na Edinburgh to dien Vadder aftolenken."

Wordenni woor se dat Boot werr kriegen? Clara weer flau toweechs un gung eenfach bi

Zeichen, Segel zu setzen. Die Skjervøy nahm Fahrt auf. Clara atmete auf. Der Abstand zu ihrem Vater vergrößerte sich.

„Pack dich in die Koje, Kleines, und schlaf noch ein bisschen. Der Tag morgen wird anstrengend für dich."

Clara schaute ihn fragend an.

„Mehr musst du fürs Erste nicht wissen. Vertrau mir einfach."

Clara war totmüde und hatte keine Lust weiter nachzudenken. Sie ging unter Deck und schlief sofort ein. Sie erwachte, weil irgendetwas anders war. Als sie an Deck kam, konnte sie erst nichts sehen, weil die Sonne sie blendete. Die Skjervøy lag in einer kleinen Bucht vor Anker. Sean suchte den Horizont ab, als würde er auf etwas warten.

Clara folgte seinem Blick und entdeckte ein Segel. Was hatte dies zu bedeuten?

„Das ist mein Neffe. Er bringt dich zu Molly. Wenn du es erlaubst, segle ich mit der Skjervøy weiter nach Edinburgh, um deinen Vater abzulenken."

Wie würde sie ihr Boot wieder bekommen? Clara war erschöpft und ging einfach bei

Charly an Bord. Al'ns wiedere schull sik noch finnen.

Twee Dooch later weer se in Aberdeen. Charly föhrte se in een lüttje Huus in de Neechde vun de Haven. Enn öllere Fru mokte open. As se Charly seech, strahlte se.

„Molly töövt al. Ik haap, dat is de Deern, de Angus bi ehr anmeldt hett."

Wat harr dat to bedüüden? Clara harr kenn Tied doröver natodenken. Charly bröchte se na een Stuuv. Dor töövte een oole Fru, de man ansehn kunn, dat se in ehr Jugendtied bildschön wesen weer. Charly nehm Clara bi de Hand un gung henn na de Fru.

„Molly, dat is Clara. Se dricht de Ohrring, de Du beschreeven hest."

Molly nehm ehr Hand: „Dörf ik em neger bekieken?"

Clara nickkoppte. Wat passeerte hier?

Molly seech sik de Ohrring genau an, denn nickkoppte se tofreeden.

„Vertell mi, wodenni Du em kreegen hest."

Charly an Bord. Alles weitere würde sich irgendwie finden.

Zwei Tage später war sie wieder in Aberdeen. Charly führte sie zu einem kleinen Haus in Hafennähe. Eine ältere Frau öffnete ihnen. Als sie Charly erkannte, strahlte sie.

„Molly wartet schon. Ich hoffe, dass ist das Mädchen, das Angus bei ihr angekündigt hat."

Was hatte das zu bedeuten? Clara hatte keine Zeit darüber nachzudenken. Charly führte sie zu einem Zimmer. Dort wartete eine alte Frau, der man ansehen konnte, dass sie in ihrer Jugend einmal bildschön gewesen war. Charly nahm Clara bei der Hand und ging auf die alte Frau zu.

„Molly, das ist Clara. Sie trägt den Ohrring, den du beschrieben hast."

Molly nahm ihre Hand: „Darf ich ihn genauer ansehen?"

Clara nickte. Was passierte hier?

Molly sah sich den Ohrring genau an, dann nickte sie zufrieden.

„Erzähl mir, wie du ihn bekommen hast."

Clara vertellte vun ehr Urgrootvadder. Na een korte Tied stegen ehr de Tranen in de Oogen.

Molly nehm se inne Arm: „Is al goot, mien Lütten. He weer een wunnerboren Mann. Dat heff ick leider eerst veel to laat markt. Nadem ick nu weet, dat ni al sien Nakomen slecht sünd, kann ick nu beruhigt gahn."

Se stunn op un seech mit'n mol veel gröter ut.

Denn sä se mit luude, faste Stimm: „Ik heff een goode Mann to unrecht verflökt. Düsse Flöök schall ophoben warrn. De grote Göttin schall mi för dat Unrecht, dat ik dahn heff, strofen."

Clar seech ehr verfehrt an. De oole Dam beverte, sackte in sick tosomen. Clara wull ehr hölpen, man de ole Dam schüttkoppte.

Denn keem se noch Mol in vulle Grötte hoch: „Ik verflök de Vaddermörder, de ok noch versöcht hett, sien eegen Dochter umme Eck to bringen. Un ick verflök sien Hölperhölpers, se al bet in't veerte Glied."

Clara spörte de gewaltige Kraft, de vun de oole Fru utgung. Denn sackte Molly in ehr Sessel tosamen.

Clara erzählte von ihrem Urgroßvater. Nach kurzer Zeit standen ihr Tränen in den Augen.

Molly nahm sie in den Arm: „Schon gut, Kleine. Er war ein wunderbarer Mann. Ich habe es leider viel zu spät bemerkt. Nachdem ich nun weiß, dass nicht alle seine Nachkommen schlecht sind, kann ich jetzt beruhigt gehen."

Sie stand auf und wirkte plötzlich viel größer.

Dann sprach sie mit lauter, fester Stimme: „Ich habe einen guten Mann zu Unrecht verflucht. Diesen Fluch hebe ich auf. Möge die große Göttin mich für das Unrecht, das ich getan habe, strafen."

Clara sah sie entsetzt an. Die alte Dame zitterte, sank in sich zusammen. Clara wollte ihr helfen, doch die alte Dame schüttelte den Kopf.

Dann richtete sie sich noch einmal zu voller Größe auf: „Ich verfluche den Vatermörder, der auch noch versucht hat, seine eigene Tochter umzubringen. Und ich verfluche seine Helfershelfer, die alle bis ins vierte Glied!"

Clara spürte eine unermessliche Kraft, die von der alten Dame ausging. Dann sackte Molly in ihrem Sessel zusammen.

Se winkte Clara na sik henn: „Kumm neeger, mien Kind. Ick much dien Hand holen, wenn ick dod bliev. Denn is mi dien Urgrootvadder weens inne Dod noch een beeten neeger.“

Clar tuckte tosamen, gung avers op Molly to un geev ehr ehr Hand.

In de Moment flooch de Döör op. Clara's Vadder stunn inne Döör. Inne Hand heel he een Ballermann.

He zielte op Clara: „Du dösiget, tutiget Kind. Laterhen harrst Du aln's vun mi hem kunnt. Avers Du hest aln's twei makt. Du büst ni wert, wiederhen to leven.“

Denn knallte de Schööt.

As Clara de Oogen werr open mokte, seech Molly se mit wiet open Oogen an. Weern se nu beide dod? Harr ehr eegen Vadder se dodschoten?

„Gott sei Dank, ehr geiht dat goot!“

Worum weer Angus ok dod?

Clara keek um sik. Se weer jümmers in Molly's Stuuv. Een Schandarm keek ehr weekhartig an.

Sie winkte Clara zu sich: „Komm her mein Kind. Ich möchte deine Hand halten, wenn ich sterbe. Dann ist mir dein Urgroßvater wenigstens im Tod noch einmal nahe."

Clara zuckte zusammen, ging aber auf Molly zu und gab ihr ihre Hand.

In diesem Moment flog die Tür auf. Claras Vater stand in der Tür, in der Hand hielt er eine Pistole.

Er zielte auf Clara: „Du dummes, naives Ding! Später hättest du alles von mir haben können. Aber du hast alles kaputt gemacht. Du bist es nicht wert weiter zu leben!"

Dann fiel ein Schuss.

Als Clara die Augen wieder öffnete, sah Molly sie mit weit geöffneten Augen an. Waren sie jetzt beide tot? Hatte ihr eigener Vater sie erschossen?

„Gott sei dank, ihr geht es gut!"

Warum war Angus auch tot?

Clara sah sich um. Sie war noch immer in Mollys Zimmer. Ein Polizist sah sie mitleidig an.

„Wi mussen op Se's Vadder scheeten. Wi weten ni, ob he överlevt."

Angus nehm se inne Arm.

„Deid mi leed, mien Leevste! Dien Vadder harr de Meenung, dat he aln's arvt, wenn he erst Molly un denn mi as Enkel vun sien Grootvadder dodmakt. As Söhn vun mien Halvbroder harr he viellicht mien Arfdeel kreegen, avers nu is he överföhrt. Middewiel hem se ok een Tüüch funnen, de de Mörder vun Dien Grootvadder sehn hett. Un de hett togeeven, dat Dien Vadder em de Opdrach geeven hett."

Clara wurr ohnmächtig.

Dree Weeken later stunn se an een Dodenbett.

Dat weer ni dat vun ehr Vadder, denn de weer an de Dach na de Överfall op Clara un Molly an de Schötte vun de Schandarmen storven. He wurr irgendwann een Ehrenbegräffnis kriegen, denn Clara harr sien Liev spendet an de Pathologie, dormit he in ehr Oogen noch wat Goodes deed. Ob se in twee oder dree Johrn bi dat Begräffnis dorbi ween kunn, wull se noch ni entscheeden. To gräsi weer dat, wat he dohn harr. Molly harr ehr een Morn

„Wir mussten auf ihren Vater schießen, wir wissen noch nicht, ob er überlebt."

Angus nahm sie in den Arm.

„Tut mir leid Liebes! Dein Vater war der Meinung, dass er alles erbt, wenn er erst Molly und dann mich als Enkel seines Großvaters tötet. Als Sohn meines Halbbruders hätte er vielleicht mein Erbe bekommen, aber nun ist er überführt. Es hat sich inzwischen auch ein Zeuge gefunden, der den Mörder deines Großvaters gesehen hat. Und dieser hat gestanden, dass dein Vater ihn beauftragt hat."

Clara wurde ohnmächtig.

Drei Wochen später stand sie an einem Totenbett.

Es war nicht das ihres Vaters, denn der war am Tag nach dem Überfall auf Clara und Molly an den Schüssen der Polizisten gestorben. Er würde irgendwann ein Ehrenbegräbnis bekommen, denn Clara hatte seinen Körper der Pathologie gespendet, damit er in ihren Augen wenigstens eine gute Tat vollbringen würde. Ob sie in zwei oder drei Jahren bei dem Begräbnis dabei sein könnte, wollte sie noch nicht entscheiden. Zu entsetzt war sie über seine Taten. Molly hatte ihr an einem

vun ehr Urgrootvadder vertellt un dorbi ehrn Freeden funnen.

As Molly storv, heelen Angus un Clara ehr Hand.

„Wat wullt Du nu maken?", fraagte Angus as se ut de Kark vun Dundee keemen, woor Molly neben ehr Dochter bisett woorn weer.

„Dat worvun ick al lang drööm. Avers wenn Du machst, dörfst Du geern een Stück bi't Sailen um de Welt mitmaken, dormit ik mien Verwandte noch beter kennen lehrn do."

Morgen viel über ihren Urgroßvater erzählt und damit ihren Frieden gefunden.

Als Molly starb, hielten Angus und Clara ihre Hand.

„Was willst du nun tun?", fragte Angus, als sie den Friedhof von Dundee verließen, wo Molly neben ihrer Tochter beigesetzt worden war.

„Das, wovon ich schon lange träume. Aber wenn du magst, darfst du mich gerne ein Stück auf meiner Weltumseglung begleiten, damit ich meinen Verwandten noch besser kennen lerne."

Steeden, wo de Schoose speelt

Tönn

Enn lüttje Stadt an de Westküst vun Sleswig-Holsteen mit een interessante Vergangenheit. Um 1900 geev dat en Reeg Warften in Tönn. Grote Hüüser mit veele Wohnungen wurrn för de Arbeiders vunne Warften buut. Dat Warfthuus inne Yurian-Ovens-Straat tüügt noch hüüt dorvun.

Warft

De Warft, op de düsse Geschicht speelt, is de 1740 begrünnete Holtshippwarft, de de ölste in Sleswig-Holsteen is. Hüüt ward se Dawartz-Warft noomt, nadem se 1910 vun Friedrich Dawartz övernommen wurr.

Dat grötttste in Töön buute holten Schipp weer de Dreemast-Gaffelschoner Greif mit 46,5 m Lenngde. Ok dit Schipp is 1920/21 vun Dawartz op sien Warft buut wuurn.

Orte, an denen die Geschichte spielt

Tönning

Eine kleine Stadt an der Westküste Schleswig-Holsteins mit einer interessanten Vergangenheit. Um 1900 gab es einige Werften in Tönning. Für die Werftarbeiter wurden große Häuser mit vielen Wohnungen gebaut. Das Werfthaus in der Yurian-Ovens-Straße zeugt noch heute davon.

Werft

Die Werft, auf der diese Geschichte spielt, ist die 1740 gegründete Holzschiffwerft, die die älteste Schleswig-Holsteins ist. Heute nennt man sie Dawartz-Werft, nachdem sie 1910 von Friedrich Dawartz übernommen wurde.

Das größte in Tönning gebaute Holzschiff war der Dreimast-Gaffelschoner Greif mit 46,5 m Länge. Auch dieses Schiff ist 1920/21 von Dawartz auf seiner Werft gebaut worden.

Haven

De Haven weer fröher mehrfach mal 'n wichtige Haven anne Westküst.

1613 wurr de Haven in de Form utbuddelt, de he noch hütigendags hett.

1610 wurrn ut de Tööner Haven dree Millionen Pund Kees utföhrt. In dat 17. Johrhunnert wurrn jedet Johr meist 60.000 Tünnen Weten in Tönn ümslogen, dorto wurrn massig Ossen, Schaap un Wull utführt.

Inne Tied vun Napoleon Blockeern vunne Elv leep de Hamborger Seehannel meist över de Tönner Haven. Scheep ut Südamerika leepen de Tööner Haven an.

Von 1905 bet 1907 geev dat sogor de Tönning-Australien-Linie.

De Kran

Een engelisch Lastenkran anne Hafen (Foto op de Inband vun't Book). De Kran wurr 1834 buut un kann ungefähr 4,5 t dreegen.

Hafen

Der Hafen war in früheren Zeiten mehrmal ein sehr wichtiger Hafen an der Westküste.

1630 wurde der Hafen in seiner heutigen Form gegraben.

1610 wurden über den Tönninger Hafen drei Millionen Pfund Käse ausgeführt. Im 17. Jahrhundert wurden jährlich ca. 60.000 t Weizen umgeschlagen, zusätzlich viele Ochsen, Schafe und große Mengen an Wolle.

In der Zeit von Napoleons Elbblockade lief ein großer Teil des Hamburger Seehandels über den Tönninger Hafen. Schiffe, die aus Südamerika kamen, liefen den Tönninger Hafen an.

In der Zeit von 1905 bis 1907 gabe es sogar eine Tönning-Australien-Linie.

Der Kran

Ein englischer Lastkran am Hafen (Foto auf dem Buchcover). Der Kran wurde 1834 gebaut und kann ca. 4,5 t tragen.

De Schrieverin

Birgit Pauls is in Husum boorn, in Tönn und Kotzenbüll opwussen. Na de School is se lange Tied dor Düütschland tingelt. Siet bald tein Johr leevt se wedder in Tönn.

Siet 2009 schrivt se Krimis, de meist in Nordfreesland speelen. In't Büro sitt se dorbi ni girn. Wenn dat Weller mitspeelt und dat dröch vun boben is, is se meist mit ehr Schrievtück anne Haven oder anne Eiderdiek to finnden.

De E-Mail Adress vun de Autorin is info@birgitpauls.de.

Die Autorin

Birgit Pauls wurde in Husum geboren, ist in Tönning und Kotzenbüll aufgewachsen. Nach der Schule lebte sie an vielen verschieden Orten Deutschlands. Seit fast zehn Jahren wohnt sie wieder in Tönning.

Seit 2009 schreibt sie Krimis, die meist in Nordfriesland spielen. Im Büro sitzt sie dabei nicht gern. Wenn das Wetter mitspielt und es nicht regnet, ist sie mit ihren Schreibutensilien meist am Hafen oder am Eiderdeich zu finden.

De E-Mail Adress vun de Autorin is info@birgitpauls.de.

Anner Bööker vun
Birgit Pauls

Piraten, Strandräuber und moderne
Raubritter,
ISBN 978-3-8448-0291-7

Tönning Krimi 1,
ISBN 978-3-7357-6232-0

Kotzenbüll Krimi 1
ISBN 978-3-7392-1283-8

Droomfru un Halligmörder
ISBN 978-3-7347-9726-2

weitere Bücher von
Birgit Pauls

Piraten, Strandräuber und moderne Raubritter,
ISBN 978-3-8448-0291-7

Tönning Krimi 1,
ISBN 978-3-7357-6232-0

Kotzenbüll Krimi 1
ISBN 978-3-7392-1283-8

Droomfru un Halligmörder
ISBN 978-3-7347-9726-2